WOLFDIETRICH SCHNURRE
KASSIBER UND NEUE GEDICHTE
LIST

Umschlaggestaltung: W. Götlinger, Wien

ISBN 3-471-78734-8

2. Auflage April 1980
 Printed in Germany
Satz: Wenschow GmbH, München
Druck und Bindearbeit: Ebner Ulm

Inhalt

GEDICHTE 1945–1956

GEDICHTE 1957–1964

NEUE GEDICHTE 1965–1979

KASSIBER
Gedichte 1945–1956

Kassiber

Es wächst aus den Himmeln.
Der Schwalbenflügel, er bringts.
Es dampft aus den Wunden.
Es kommt mit dem Tierschrei.
Pilzig durchbrichts den Asphalt.
Und wird sein wie ein Wehen.
Und wird wuchern wie Moos.
Verderben wird es, was war:
den Glanz auf den Stiefeln;
das Reagenzglas des Grauens;
den Singsang der Macht.
Und diese Welt wird erblühen
vor Staub.

Spiegelbild

Was willst du?

Dir eine Nebelfarm anlegen, voll
verdorbener Winde,
die sich mit Brandstätten paaren?

Papierrosen ziehen, wachsüberhaucht,
um auf den Friedhöfen im
goldzahngeschmückten
Munde der Witwen zu sein?

Den zerschlissenen Kinderdrachen
deines Protests
aufsteigen lassen von
abgeernteten Feldern?

Was willst du?

Jene geröteten Buchenblätter vergraben,
deren Inschrift ein
hektographiertes
Preislied auf die Vergänglichkeit ist?

Das Plakat deines Anspruchs
durch verregnete Vororte tragen
und schimmelnde Mauern auffordern, sich
solidarisch zu erklären mit dir?

Den großen, mühsam erdachten
Anfangsbuchstaben deiner Erwartung
in ein verstaubtes Beschwerdebuch

eintragen, das
am Abend der Altwarenmann abholt?

Was willst du?

Ich frage dich, was du willst.

Lied

Es ist wenig,
was ich verlange zu wissen;
weniger als
die Obrigkeit will.

Ich begehre zu wissen,
wo es Blaubeeren gibt
und nicht: gibt es Krieg.

Ich begehre zu wissen,
wann Regen fällt
und nicht: in wieviel
Teile zerfällt ein Gewehr.

Es ist wenig,
was ich im Ernstfall begehre;
weniger als
die Obrigkeit will.

Wenn der Feind kommt,
nehm ich mein Schmetterlingsnetz
und zerschlags.

Aber ich kann auch
dies Lied singen, und alle
Panzer der Welt
fahren über mich weg;

und ich richte mich auf
in den Spuren ihrer Verwüstung:
eine Ammer, ein Halm.

Es ist wenig,
was ich vom Leben verlange;
doch mehr,
als die Obrigkeit will.

Netze einholen

Ein Gewebe aus Amselgesängen;
und schuppig darin
die Flossen der Sonne,
des himmlischen Haies,
der das Herzblut
der Wildgänse trinkt:
Früh tropfts
herab auf die Gräser
und rings,
am Rande des Netzes,
tanzen die Korken
unruhiger Lerchen.
Bald,
morgen schon
ruhn wir ertrunken
am Grunde des Sommers.

Diktatur

Aus Tränen und Blut
baut sich die Drossel
auf gläsernen Würfeln
den Thron ihres Lieds.
Dort oben regiert sie,
glutkehlig, speit
das Gift der Verzückung
in die Enge der Kerker,
die Zelle des Zorns.
Der Mönch schlägt
die Stirne ans Kreuz,
der Mörder erhängt sich;
die Drossel regiert.

Entscheidung

Von Taubenfüßen zu reden ist süß;
ihr Getrippel auf dem Teerpappendach
der sorglosen Laube ermuntert,
an sanfte Sommerregen zu denken.

Aber die Krallen des Marders sind leiser,
denn er setzt sie auf Moos; das Verderben
kommt lautlos, und schweigend schwärzen
die Engel sich Schnäbel und Schwingen mit Ruß.

Von Engelsklauen zu reden ist furchtbar;
ihren Abdruck in den Gefilden
geatmeter Luft zu erkennen, verdammt,
an Spinnenskelette zu denken.

Wovon nun schweigen, worüber reden?
Das Hörbare braucht keinen Mund,
es ist geschwätzig seit je. Und so will ich
eine Stimme der Lautlosigkeit sein,

das Drohende sagen, das selten Gewohnte,
wie wenige Ohren meine Strophe auch trifft.

Mörder Sommer

Die Leuchtspurgeschosse
des Nachtigall-Lieds
haben die Fliederdolden
zerfetzt; die Statue des
Frühlings wurde gestürzt.
Nur Wicke schmückt noch
den Sockel; das
abgeschlagene Haupt
ist mit Bahnen
glänzenden Schleims
überzogen: vom
Salzrand des Auges
zehrt noch die Schnecke.

Klopfzeichen

Gehe nicht weg von dir,
bleibe mit dir zusammen.
Wer soll dir Mut machen
am Abend, wer soll
die Läden herablassen, wer
soll dich stützen,
wenn das Hoftor erdröhnt
vom Faustschlag der Welt?

Gehe nicht weg von dir,
bleibe mit dir zusammen.
Niemand ruft dich; du hörst
nur den Wind.
Das Lied der Lerche
lügt dem Tod ins Gesicht;
die Welt, die dich lockt,
verschweigt ihr Gebrest.

Gehe nicht weg von dir,
bleibe mit dir zusammen.
Man läßt dich fallen, du sollst
dich verlassen;
so will es die Welt.
Sie reizt dich, sie hat
die Lerche erpreßt; siehe, sie steht
auf porzellanenen Krallen.

Gehe nicht weg von dir,
bleibe mit dir zusammen.
Die Winde seien dir gut,
die Glut deines Herds

und am Abend die Grille.
Ihrem Lied lausche; es rauscht
in den Adern der Stille
so sanft wie dein Blut.

Gehe nicht weg von dir,
bleibe mit dir zusammen.
Wer soll neben dir sitzen
im Zimmer, wer soll
dir helfen zu schweigen?
Gehe nicht weg von dir;
die Welt steht auf Vogelkrallen,
ihr Gesang lügt.

Abends

Gelb zuckt der Pirol
ins Gestänge
des Schlafs.

Die Mückensäule
wird rostig;
der Buchentempel
zerfällt.
Hastig stürzt sich
die bleiche
Pilzpilgerschar
auf die
Rosenkranzperlen
des Taus.

An die Eiche
hämmert der Schwarzspecht
die Dämmerung fest.

Strophe

Als der Falke
der Taube
die Fänge ins Fleisch schlug,
sank eine Feder
der Welt auf den Mund.
Reglos hing sie
an den dörrenden Lippen
und harrte des Atems.
Er kam nicht; es
war der Abendwind,
der sie fortnahm.

Grunewaldsee nachts

Verwaschen das Wegband;
gelb hat es
noch eben geleuchtet.
Die Kiefern, auch sie
aufgesogen, verwischt
vom Löschblatt der Nacht.
In Seide, in Watte
der Tierruf;
nur das Gelächter
jenseits des Sees
fliegt noch auf Messern.

Denunziation

Mond,
Milchspinne der Frauen,
Lästerer;
Mond:
Wir klagen dich an.
Du hast Spionage getrieben;
das Weiß deiner Hände, es lügt.
So weiß ist Chlor, so weiß ist Schnee;
Chlor, das auf Erschossene rieselt,
Schnee, der die Erfrorenen wärmt.
So weiß ist Nebel, so weiß ist Linnen;
Nebel, der ins Pesttal sich senkt,
Linnen, das die Ermordeten kühlt.
Mond,
Heuschreckenmünze der Männer,
Verhöhner;
Mond:
Du hast Spionage getrieben.
Dein Auftraggeber ist uns bekannt;
er wohnt jenseits der Liebe.

Aschenland

Und wieder branden grau und gelb
die Wolken auf befehlsdurchbellten Staubs;

die Marmorgeier haben sich von ihrem Sturz erholt
und recken sich auf den Podesten.

Die tausend Schwalbenmorde bleiben ungesühnt;
der Herbstwind, der die Reue suchte, kam umsonst.

Lied, auf Ahasver zu singen

Du klopftest, Herr,
du bist durchnäßt;
die Regen dieser Welt,
sie wollen dir nicht wohl.

Ich weiß ein Dach;
doch hoch am First,
da fault der Schwamm.

Du ächztest, Herr,
du bist erschöpft;
die Hunde dieser Welt,
sie wollen dir nicht wohl.

Ich weiß ein Bett;
doch in der Spreu,
da steckt ein Dorn.

Dich hungert, Herr,
du fieberst schon;
die Mühlen dieser Welt,
sie wollen dir nicht wohl.

Ich weiß ein Brot;
doch tief im Teig,
da gärt der Tod.

Dich dürstet, Herr,
du bist verdorrt;
die Brunnen dieser Welt,
sie wollen dir nicht wohl.

Ich weiß ein Faß;
doch ganz am Grund,
da schwärt der Haß.

Ich schäm mich, Herr:
ich lebe noch;
die Schergen dieser Welt,
sie wollten mir zu wohl.

Ich weiß ein Herz,
das ließ dich ein,
wärs nicht so voll
von Schuld.

Kassiber

Ich weigere mich,
den Schuh der Macht zu küssen;
die Erde küßte stets den meinen.

Ich weigere mich,
den Tod des Feinds zu müssen;
ich bin kein Feind, ich habe keinen.

Schwur

Und doch:
Wenn wieder am Galgen
die Brustkörbe läuten der Brüder,
deren Herzen der Alb aß,
werde auch ich
meine Vampirschwingen
vom Dachboden holen,
die Krallen mir schärfen
und ausziehn bei Neumond
und fliegen zur Burg,
wo sie wohnen,
die Stirnlockenanbeter,
die Herren aus Leder.
Und ihren Mätressen ins Goldhaar
werde ich fahren
und es festbinden am
siebenarmigen Leuchter der Schuld.
Und Blut werde ich saugen,
Schweinsblut und Wolfsblut
und es speien auf Kalk,
wo es zu Schrift wird,
wo es das Wort formt.
Nicht: Gleichmut.
Nicht: Toleranz.
Rache.

Außenwelt

Nicht, der den Schlüssel trägt,
nicht der Belauscher
verbotner Empörung
ists, der uns ängstigt;
ärger als Wärterlist
sind die Besuche
der Reisebusgäste.

Sie betreten die Zelle,
während wir schlafen.
Witternd notiert
ihre Nase den Ruch
von Schweiß und Urin.
Sie tasten die Wand ab,
befühlen die Pritsche.

Unsere Setzkästen
leeren sie aus, mit
unseren Morseketten
schmücken sie sich,
ihre geschnäbelten Augen
picken vom Boden
den Sand unserer Uhr.

Noch den Fetisch
entweiht, zerhackt
zu Andenkensplittern,
dann ruft sie das Hupen
des Busses zurück.

Heimsuchung

Es ist nicht Schlaf,
was die Lider dir schwermacht,
es ist der Beginn des Verhörs;
man hat nur das Licht ausgelöscht.
Fledermäuse
sind die Fragen des Klägers;
lange hingen sie leblos
unterm Dache am Balken;
nun nisten sie ständig
im Farn des Gehörgangs,
erwarten die Träume:
Langsam, die bleichen
Gestirne, schamlos
ziehn sie herauf.
Plötzlich ein Blitz –
du erschrickst,
du erwachst, und du blickst
in die Lampe des Richters.

Hauch auf der Scherbe

Nicht mit dem Donner,
nicht unterm Faustschlag
des Winds weht es heran:
sanft,
auf Kolibrischwingen,
mild wie das Gift
im Dolchzahn der Viper
wird es sich zeigen,
als goldener Ausschlag
erscheint es
auf Papierdrachenfetzen,
auf brüchigen Fellen,
auf Schläfen, verdorrt
zu Fledermauspergament:
das zarte Entsetzen.

Einblick

Mein Herz
ist ein Eisvogel.
Vom Bachgrund der Seele
leuchtet
wellig und blau
seine Silhouette herauf.
Er hat
das Schnabelstilett
im Gefieder verborgen,
die unruhigen Augen
mustern die Flut.
Plötzlich
schießt er davon,
die vereisten
Gräben der Liebe entlang.
Eine endlose Zeit
muß ich
den Atem anhalten.
Dann
ist ein Sirren zu hören,
und ich sehe ihn kommen;
getroffen
vom Anprall
seiner Enttäuschung
zuck ich zusammen.

Liebesgedicht

Gesicht,
über das die Abwässer des Herbsts
ihr Algenhaar hinwehen lassen;
Gesicht,
über das die Blätter der Weide,
der erloschene Asternstern,
die Unruhe der Feigheit
hintreiben;
Gesicht,
das am Grund liegt,
bleich,
fallengelassen,
vergessen;
Gesicht
mit den Fischsilhouetten
auf dem Moosglanz der Wange,
mit dem schuppigen Lichtreflex
in den Augen;
Gesicht,
Insel der pergamentenen Vögel,
Riff des gestrandeten Traums,
Sandbank des Ungenügens,
Spiegel der Dürre,
die sich verfrühte,
als der Regen nicht kam;
Gesicht:
Meine Hände
sind bereit,
dich zu heben.
Du kennst sie nicht,
meine Goldwäscher,

aber sie kennen dich.
Wenn sie heimkommen,
zeichnen sie
mit dem Phosphorgriffel
deine Linien
auf die Schiefertafel der Nacht.
Gesicht.
Meine Fischer,
die dir dies Lied gemacht haben,
meine Taucher,
die nach dir suchten:
sie sind bereit,
den Schatz deines Lächelns
zu heben.

Einladung

Komm herein, Wind;
stiehl dem Kauz eine Feder
und schreib mir ein Lied.

Ich habe aus Tau eine Tinte gewonnen,
die kann nur lesen, wer sich selber vergißt;
was uns geglückt ist, was uns zerronnen,
an morschenden Masten war es vergeblich gehißt.

Komm herein, Wind;
stiehl der Bekassine das Lachen
und mach mir ein Lied.

Ich habe Papier aus Mondlicht geschnitten,
hier liegt es, mit Schattenseiten vermischt;
was uns erfreute, was wir erlitten,
ein Löschblatt aus Moosen hat es lange verwischt.

Komm herein, Wind;
stiehl dem Sprosser das Schluchzen
und sag mir ein Lied.

Ich habe die Schreibmaschine mit Gräsern umwunden,
nun ist das Alphabet den Sinnen entrückt;
was wir verloren, was wir gefunden,
es ist beides spinnwebgeschmückt.

Komm herein, Wind;
stiehl dem Kauz eine Feder
und schreib mir ein Lied.

Rhoramündung

Der Aal droht;
es donnert.
Wind mäht das
Schilf;
das Bleßhuhn
versteckt sich.
Schleienschleim
glänzt
an den Händen
des Fischers;
der holt die
Algengirlanden
jetzt ein:
Schnur auf Schnur
zieht er
zum Bootsrand.

Weißensee

Die gebrochenen Beine
des Straßenbahnläutens
sind silbern geschient;
es blitzt, wenn sie rennen.
Unterm Preßlufthammer,
dem tanzenden,
atmet der Stein.
Am Himmel
ist eine Tür zugefallen;
bröckelnd rieselt ihr Rost
aus kreischenden
Seglerkehlen
herab.

Kassiber

Die Tundra steht auf,
geweckt
vom Schneefalkenschrei.
Marschroute eins,
Richtung Mensch:
sie wird gewählt
von den Lemmingbrigaden.
Marschroute zwei,
die Felder der Weisheit:
sie werden
von Rentierherden
sanft überweidet.
Marschroute drei,
ins Herz allen Seins:
sie ziehen die Moose.

Wetterleuchten

Die Regenstrophe
des Buchfinks zerklirrt;
die Schwüle dörrt ihm
den Mund. Schon trieft
das Gefieder der Schwalbe
von Blei, und sie stürzt
aus den Wolken; doch der
Schreckruf der Amsel
fängt sie in Netzen aus Glas.

Angriff

Mit pumpenden Flanken
duckt sich die Stadt,
ihre Schlot-Ohre zittern;
sie lauscht
dem lautlosen Schritt
der Distelbrigaden,
der Hederichheere.
Löwenzahn sprang
mit Fallschirmen ab,
schon ist die City besetzt.
Nachtschatten kommt,
Schachtelhalm schwärmt,
die Villen im Vorort
meuchelt Kamille.

Spätsommer

Nonnenfraß nagt an den Nadeln,
Raupenkot rieselt wie Zeit;
die Knochen der Kiefer verbleichen,
als hätt es geschneit.

Grauammer schnarrt ihre Strophe,
die Otter am Wegrand verdorrt;
die schwarzen Höhlen des Dachsbaus
erinnern an Mord.

Die Bussardjungen verdarben,
der Marder zerbiß ihr Gebein;
in die geschändeten Schädel
regnets hinein.

Gebet

Erschreck mich.
Suche mich heim mit Gesichten.
Tritt nicht hinter die Breitwand
kolorierter Zerstreuung zurück.
Lasse mich nicht in diesem Wald
aus Fernsehantennen verkommen.
Durchbrich mit meinem Ende die
Reihen genormter Statistik
und schick einen Tod, dem Terror
und Technik verhaßt sind, der frei
auf mich zutritt, in der Gloriole
des Grauens, doch um die Stirn auch
einen Hauch von Bedauern.

Kassiber

Eine Staubwolke kam,
eine rote;
lastend,
ein Dunstleib,
sank sie herab.
Die U-Bahn blieb stecken,
der Bus drückte die Wand ein,
es war Mittag, und war
eine rötliche Nacht.
Und roch nach Leder,
nach Steppe und Tierschweiß.
Frauen fielen in Krämpfe der Wollust;
Kinder erstarrten im Spiel;
und es regnete Sand.

Letzter August

Der Stengel der Sonnenblume verdorrt jetzt;
das Blau des Himmels schmerzt von Tag zu Tag mehr;
schon lösen sich die Segler im All auf,
und die Holunderbeere glänzt;
nachts rufen auch wieder die Kraniche.

Zugvogelbotschaft

Gib deine Schätze nicht denen,
die sie vertun; dieses Lächeln:
bewahr es dem Kranich, er nimmt es
im Herbst unter die Schwingen,
im März bringt er es dir
als rostiges Lachen zurück.

Gesteh deine Armut nicht denen,
die sie verachten; diese Blöße:
bedeck sie im roten Oktober
mit den Tränen der Schnepfe,
und im gescheckten April
wärmen dich Daunen aus Schnee.

Zeig deinen Stolz nicht vor denen,
die er beleidigt; hier diesen Mut:
lasse ihn kreisen im Frost, wirf ihn
dem Kibitzschwarm nach übers Meer,
und aus den Federn des Frühlings
fällt er dir keuchend ins Herz.

Paarung

Im Wald meiner Schläfen, da röhrt
und da raucht jetzt der Brunftschrei des Elchs.
Das Grindhaupt, er wirft es hoch zu den Drosseln,
die in gläsernem Schwirrflug her übers Moor ziehn;
und mooshaft und flechtig ragt in den Reif
seines Rufes der Bart auf; und das Weltdach
der Schaufeln trägt eine Sonne aus Blut.

Im Delta der Adern,
umspült von Erinnern, hört den Gebieter
die watende Hindin. Ihr Narbenfell zittert, zerbrochen
flieht ihre Antwort auf den Amboß des Herzspechts;
der hämmert am Waldrand auf erznem Gebein.
Doch das Echo hat Flügel, und keuchend fällt es
ins brennende Erlenholz ein.

Da schleudert
der Herrscher die Sonne zurück in das bleiche Gewölk, er
durchbricht die Gebüsche, zertritt die Gewässer, die
Stimme,
sie birst ihm vor Rost; und der Hindin schwinden die
Sinne,
sie stürzt mir ins Auge, es splittert; und die Netzhaut
zerreißt es wie Frost.

Androhung

Du bist eine Wespe; ich habe
deine Taille zusammengepreßt,
um den Stachel, den du im Schoß trägst,
nicht wissen zu lassen,
was ich von deinen Augen verlange.

Ich verlange
nicht das Gift der Liebe von dir,
ich verlange meine Ermordung.

Verwundet zu sein ist Betrug;
ich will durchbohrt werden
von deinen Blicken, für immer
von ihren Dolchen ans Scheunentor
des Vergessens genagelt, den Hohn
der Mäuse ertragen;

nur in den zuckenden Fängen
den gläsernen Hüftschwung
deines Sanduhrtorsos noch spüren.

Denn ich habe
den ereignislosen Vormittag
meiner Verzweiflung nun satt,
ihre kreidigen Schreie bekritzeln
den weißen Schiefer umsonst.

Komm mit mir, wir suchen
die Stummheit, wir wählen
die unbegangenen Pfade
ins Dickicht der Furcht,

die die Harpyien gehen,
die das Einhorn uns führt.

Ja, auch ich will dich töten.
Hier, diese Faust, die dich so innig,
so unerbittlich umschließt, sie
will deinen Tod.

Sie will,
du sollst ablassen,
deine ertrunkenen Wünsche
mit bodenlosen Eimern zu trüben;
hinfinden sollst du
zur schiefergeschindelten Burg
meiner Blicke, zurücklassen
sollst du die Meute
und eintreten allein.

Komm mit mir, wir suchen
das Schweigen, wir wählen
die unterirdischen Gänge
durch die Flöze des Grauens,
die der Tundrawolf trottet,
die die Lemminge ziehn.

Du bist eine Wespe. Ich habe
deine Taille zusammengepreßt,
um den Stachel, den du im Schoß trägst,
nicht wissen zu lassen,
was ich von deinen Augen verlange.

Kulisse

Regen –
Regen rauscht auf den Rummel.
Das Glücksrad verliert seine Farbe,
der Würfelbecher wird klebrig;
in der Schießbude schlafen die Schüsse.
Wills keiner mehr wagen?
Will keiner mehr würfeln?
Will keiner mehr drehn?
Regen –
Regen rauscht auf den Rummel.

Umflug

Riesig,
ein gekreuzigter Schatten,
segelt er lautlos
über die Städte:
Vogel Untergang.

Der Föhn seiner Flügel
ist sanft, er hebt
die Zeitungen auf
von der Straße,
die Kinobilletts;
sie steigen wiegend empor,
ohne daß sich der Hauch
dem Entsetzen verrät.

Und so mild,
wie das Messer des Mädchens
am Abend den Lauch,
schneidet das Schwert
seiner Schwingen
die Kirchtürme ab,
die Sendegerippe,
die Röhrenknochen
des Hochmuts.

Riesig,
ein schattiges Kreuz,
streicht er flügelschlaglos
über die Städte:
Vogel Untergang.

Sein Ziel
liegt im Dunkeln,
seine Spur ist erhellt
vom konvulsivischen Zucken
geköpfter Antennen:

Weiß quillt der Weihrauch
aus den Stümpfen der Kirche,
schwarz pulst das Qualmblut
aus den Venen der Schlote;
in die Hirne der Häuser
fällt rußiger Schnee.

Herbstalb

Die Nebelqualle hat
die klöppellose Glocke
ihres Leibs dem Forst
aufs Haupt gestülpt,
das beinern glänzt.

Die Vogelfische atmen
schon durch schwarze
Schattenkiemen, denn
die Nachtflut steigt.

Sie bringt die Wolkenhaie,
die den Halbmond
ihres Munds im Traum
der Taube aufgehn lassen
und erst sinken, wenn
der Spiegel fällt.

Jetzt treibt der Otter
hin zum Grätenstrand
der blinden Burg;
am Schuppenfell
zerschellt der Tau,

und strudelnd kämmt
die Schwimmhaut
seiner Zehen das fahle
Gräserhaar des Rieds.

Ein Floß aus
Kiefernwurzeln, überdacht
von Eulenschreien, zieht
der Wald dahin.

Flut

Lautlose Schreie.
Ein Lichtmeer, das
Laich wird. Träg
überschreiten
Sterne auf Stelzen
die Schwellen
geachteter Häuser
und beziehen die Betten
mit gepunktetem Gallert.
Die Straßen sind grün.
Fischmenschen kommen;
waagrecht im Trüben
stehen sie hechthaft,
saugen, perlmutternen
Mundes, sich fest
an den Fenstern
und starren hinein.
Klirrend entstürzt das
Geschirr da den Händen.

Kassiber

Es wird übers Meer kommen.
Farblos,
ein Milchglasgebirge, gefüllt
mit dem Schatten des Nichts.
Kein Geschützrohr erhebt sich,
kein Jagdflugzeug folgt ihm;
die Radargeräte sind ratlos.
Leicht,
graniten geädert, zieht es dahin:
ein entmachtetes Hirn.

Rapport

Sie schleichen mit den Schakalen zur Tränke.
Sie lachen wie die Hyänen.
Sie haben den Geiern Gesetze gegeben.
Sie säen den Sandvipernsamen.
Wenn am Himmel
das Resultat ihrer Formel erscheint,
schütteln die Skorpione den Staub vom Stachel,
und der Fenek stellt sein Riesenohr auf.
Sie haben alle Oasen besetzt;
an die Waldgürtel, die Weiden
haben sie Feuer gelegt.
Puma und Gazelle sind Brüder geworden,
Brüder der Flucht. Auch wir
werden Fliehende sein müssen.

Kassiber

Die Ratten sterben;
wir müssen uns vorsehen:
ein gelblicher Spaltpilz
umstrahlt ihre Leiber.
Wer hat uns
diese Krankheit gebracht?
Die Aussätzigen? Die Gesunden?
Atme nicht mehr so tief;
sie sagen, zuerst
trifft es die Frauen,
dann die Kinder in ihnen;
zuletzt erst die Männer.

Verrat

Wer hat
dem Nichts die Augen ausgestochen,
dem Blut befohlen, sich
als Rost zu sammeln an
gestorbnen Sternen?

Wer riß
das Sonnenherz aus seiner Venengrube,
die überquillt
vor sinnlos pulsender Verzückung?

Wer war
der Schlangenmörder, der den Kopf
der Sternenviper abschlug und das Gift
des vorgeschnellten Röhrenzahns ins Hirn
von Wölfen triefen ließ, die nun die Welt
mit Feuerbissen jagen?

Wer gab
dem Mars Befehl, der Erde sich
als Totenkopf zu nähern, tätowiert
mit Mustern des Entsetzens?

Die Schädelnaht des Alls
ist winddurchlässig;
in Gottes Träume schneits hinein;
durch die vereisten Lider brechen
schwarze Hagelschauer ein.

Erkennen

Verfall, geahnt in jedem meiner Züge;
bedroht von Fäulnis Stirn und Mund;
vom Regenzahn gehöhlt die Wangentäler,
am Absatz Lehm, im Ohr den Wind;
und doch ein Funke auch im Aug, so kalt,
so schneidend, daß kein Frost ihn löscht:
Der Blick der Harpyie, die die Glut verlieh,
wird heller brennen, wenn ich nicht mehr bin.

Frost

Der Große Wagen ist umgekippt;
schief,
deichselabwärts, so hängt er
über der Kiefer am Waldrand.
Im Lichtschein der Lampe
sitzt der Dichter und schreibt;
glaubt,
daß ers heilen könne, das Leid.
Durch den Wald geht der Frierende,
die Axt unterm Mantel; ihm hilft
kein Dichter, kein Sternbild,
er friert.

Dezember

Die Beinkirche, Winter, sie ist
mit gläsernen Dolchen geschmückt,
und das Kreuz, an dem der Erfrorene hängt,
gleißt in kristallenem Glast.
Komme, Gebieter des lautlosen Todes und lies
die Frostmesse uns;
es ist Zeit zu erstarren.

Tröstung

Erschrick nicht,
wenn ein gelber
Schirokko die Kunde
dir bringt, dieses Leben
wurde geträumt
in einem verdorrten
Termitengehirn:

Gott ist ins Nest
des Webervogels
gefahren;
der hilft ihm
zu spinnen.

Erschrick nicht,
wenn die Ebene
der gefiederten Schlangen
dich ruft und am Himmel
der Widerrist einer
noch wenig bekannten
Echsenart aufglänzt:

Gott hat
die Harpyie
zum Freund;
die schärft sich
die Krallen.

Erschrick nicht,
wenn aus dem Riß
deiner geopferten Stirn

Asche rinnt und sich
die Innenseite des Lids
an Schlacke verletzt
und schwarzem Geröll:

Gott ist ins Auge
der Elchkuh
geflohen;
von dort her
schmilzt er dich ein.

Spiegel des Todes

Verborgen hinter den Netzen
der Augen dämmert die See;
das salzgewordne Entsetzen
verwandelt Tränen in Schnee.

Die Flut, von Albatrosschatten
mit schwarzen Kreuzen belegt,
sie hat sich bis zu den Watten
der Wimpern niemals bewegt.

Wo einst die Blicke ertranken,
verrotten Pfeile im Sand;
das Walskelett der Gedanken
trieb kahlgefressen an Land.

Warnung

Das Augenpaar, das dich ansieht,
erkennst du es wieder?
Fürchte dich;
unentwegt glüht es,
überall liegt es auf dir:
eine sengende Last.
Lasse die Hände
herabhängen,
sie zu heben ist sinnlos.
Du bist geschlossen;
man will, daß du leer seist,
man will, du sollst tönen.
Leer! Leer! soll es rufen,
bei jedem Schritt
sollst du hallen:
verlassener Tunnel.
Kein Lokomotivlicht
wird kommen,
nur Wind, und das
Scheinwerferpaar jenes Blicks.
Es hockt im Rangierhaus;
lidlos bewacht es
die rostenden Gleise.

Gospel

Gott ist schwarz.

Nichts ist schwärzer als Gott;
alles, was schwarz ist,
hat seine Schwärze
von ihm:

Die Trauer,
der Ruß im Lampenzylinder,
die Nacht.

Gottes Schwärze wohnt überall.
Im Mutterleib,
in der Grube;
auch im Vergessen.

Gott ist schwarz.

Wir beten zu seiner Schwärze:
Bleibe, und halte uns fest.
Und die Schwärze folgt uns als Schatten,
der uns niemals verläßt.

Gott ist schwarz.

Wir beten zu seiner Schwärze:
Bewahr uns vor Blendwerk und Schein.
Und die Schwärze belastet die Lider
und schläfert uns ein.

Gott ist schwarz.

Wir beten zu seiner Schwärze:
Erwähl dieses Haupt dir zum Haus.
Und die Schwärze erwählt es
und blickt zu den Höhlen hinaus.

Gott ist schwarz.

Nichts ist schwärzer als Gott;
alles, was schwarz ist,
hat seine Schwärze
von ihm.

Vertrauen

Sagte der Tod mir:

Der algenbewachsene Fisch,
den eine erschrockene
Welle so weit
in die Watten hineintrug,
daß das Meer
all seine Zärtlichkeit
hätte aufbieten müssen,
um den Sterbenden
wiederzuholen, er träume,
während ihn schon
die Salzluft verfärbt,
von verkrusteten
Vogelfußtapfen,
die am Rande des Nils
sternhaft zerbrechlich
die Sandbänke zieren
und höre
auch den Madenhacker
sich abmühn im Maul
des Reptils, das,
von blühenden Reihern
umstanden, lebloser noch
als der verdorrte
Papyrusstrauch wirkt;
ja, auch das ferne
Knarren des Göpels,
den das kreisende
Buckelrind treibt,
wohne im letzten

Traum des
Gestrandeten noch,
obwohl doch
das heilige Flugbild
des Ibis sich nie
seiner Netzhaut
aufgeprägt hat:

ich würde ihm glauben.

Traum

Ich sah eine Kröte,
granitstaubbedeckt; und sie wuchs,
und es wurden zu Schründen
die Poren, und die Warzen zu Wald;
und Gebirge trug sie mit Herden
weidender Mammuts; und Scharen
pergamentgesichtiger Affen
jagten über erstarrte
Bäche aus Gletschermilch hin.

In den gelben Teichen der Augen
schwammen Seerosenblätter,
groß wie ein Land, und hoch auf
ragten die Stelzen schattig
gescheckten Wassergeflügels, umschwirrt
von Libellen. Gelassen durchpumpte
der erzene Kehlsack die Landschaft
mit Leben; doch das Beben der Berge
beunruhigte nicht, es war allen
bekannt von Urbeginn an.

Damals

Ich spür es am Kiel meiner Brust:
bevor ich
dieses Bündel von Wünschen hier war,
bin ich
ein Kranich gewesen. Ich stand,
den arglosen Hals
hoch ins All aufgerichtet, im Schilf
einer werdenden Welt
und sog, mit einem sanften
Klappern im Schnabel,
einen Odem ein, der
noch frei war von Schuld,
in dem
nur Frühe war, furchtloser Tau
und eine
Heiterkeit ohne Geruch;
spürbar allein
war zwischen den Zehen der Schlamm.
Alles, was sonst noch
am Himmel und über den Wassern geschah,
geschah gewaltlos
und still.

Hinnahme

Da ich nun schon
einmal hier bin, will ich mich auch
gemäß deinen Gesetzen
verhalten.

Ich erkenne an
die Möglichkeit deiner Allmacht.
Ich kniee nieder
vor den Zeichen des Zorns.
Ich lächle im Licht deiner Milde.
Ich bete an den Wind auf den Lippen
des Kindes als den Beweis
deines schuldig gewordenen Seins.
Ich feiere dich in den Moosen.
Ich küsse dich, eingeschlossen in Quarz.
Ich beweine dich
im verblichenen Knochen des Rehs.
Ich suche dich im Schoße der Frauen.

Aber ich kann
keine andren Gesetze
haben als diese; obwohl
du gesagt haben sollst,
der Obrigkeit
sei zu gehorchen.

Meine Obrigkeit ist mein Blut,
und mein Blut ist voll Liebe.
Es ist nicht die Liebe der Welt;
es ist die Liebe der Alge zum Meer.

Dort auf den Watten
liegt noch der Abdruck
des Vogelfußes, auf dem
ich, der Fischhaut entstiegen,
dahinschritt, der Küste entgegen,
dem Menschen. Und dort
wird auch die Welle
deines ruhlosen Befehls
hingehen über
mein Herz voller Algen.

Gedichte 1957–1964

Ansprache des Vorortpolizisten während der Morgenrunde

Du wohnst im Tau, im
Kleiberruf über den Gärten,
im Albtraum des Spitzels und
in der Stromschiene der S-Bahn.
Du hauchst den Nebel ins Tal,
den Ruß auf die Zündkerze,
du singst unterm Pferdehuf und
mit dem Mund des Betrunknen.
Dein ist der Auftrag.
Das Geäder des Keimlings
zuckt im Takt deines Pulses.

Mein Herr und Chef, so klein
ich auch bin vorm Pult deiner Macht,
ich lege die Hand an die Mütze:
Guten Morgen. Ich gehe
die Frührunde jetzt, die Runde
der Katzen; an Jasminhecken vorbei,
vorbei an einsam parkenden Autos,
zähle gedankenversunken
die Milchflecke auf dem Asphalt,
hab noch das Dröhnen der Kannen
im Kopf, kenne es auswendig, das
Plantschen der Milch, wie es dumpf
gegen die Wölbung sich aufbäumt,
sehe den Wächter die Lampen
der Baustelle löschen, rieche
den Bettler, der sich nun steif
von der Parkbank erhebt,
gähnt, sich am Ohr kratzt und

wieder einnickt, stumm,
ein goldener Torso. All das
ist in mir, bliebe mir, auch
wenn ich blind wäre, taub
wie moderndes Salz.
Lautlos durchrinnts
meine Adern, gespiegelt
von der Erfahrung des Blutes,
der so wenige trauen. Obwohl
das so ist und man
zufrieden sein könnte,
– denn der Tod
wartet ein Leben lang, oft
muß man ihn bitten –
erlaube ich mir,
mein Ich zu vergessen,
ein Hauch nur zu sein
auf der Harfe der Furcht:

Gib diesem Morgen dein Wesen.
Lasse deinen Atem hinwehen
über die Dächer, auf daß
deine Kinder nicht keuchen.
Fülle die Lungen der Sonne
mit Licht, laß sie uns leuchten,
lindern das Schattengeschwür
unserer Angst. Hebe die Hand;
sanft wie die Linde erblüht,
senke sie auf die Wolken
der Welt. Sie mögen als Reif
die Gräser erschrecken,
nicht mehr ums Kopftuch
der Zeitungsfrau schwelen.
Aufgehen soll,

was gesät ist an Fleiß,
reifen die Hoffnung der Bienen
mit den Pollen des Windes,
mit der Süße des Klees.
Aber die Hast,
jene tödliche, die
die Folter ersann,
die Blausäurekapsel,
sie soll erstarren
im Eis des Versuchsschachts,
schläfrig werden im Dunst
der Laboratorien, stumpf
im Staub der Kasernen.

Die Rache möge nicht gähnen;
wählerisch sei sie.
Die ihr entkommen,
sollen heimgesucht bleiben
vom Terror der Träume.
Die Lauten aber,
die da so sicher sind, sie
sollen in Moosschuhen gehen,
Tauben aufsteigen lassen
vom Rand
verwilderter Schießplätze,
Hecken beschneiden
und Kenntnisse im
Überprüfen von Angelgarnen
erlangen. Ein Mensch
werde wieder ein Mensch.
Weizen sei Weizen, ob er
für Irkutsk bestimmt ist
oder für Haifa.

Die Stimme des Todes
ist traurig genug; wir
brauchen die Ansprache
des Totredners nicht,
wir finden allein
ins Reich des Vergessens.
Die Flugblattverteiler
mögen sich ausschlafen,
sie ersparen
den Straßenkehrern
viel Arbeit.
Auch auf die Salve
des Exekutionskommandos
läßt sich verzichten.
Die Anführer können
ihre Plakatkleber als
Schuhputzer verwenden
und beim Umgraben der Beete.
Sie selber, die Herren,
sie mögen sich nach Hause
begeben, uns aber
in den Park
gehen lassen, ins Kino
und auf die Parzelle.
Ihr Essiglächeln
hat schon zu viele Tage
vergiftet. Es muß auch einmal
die Heilung beginnen,
der Schierling im Garten
der Ministerien verdorren,
ein Kind aufwachsen, das
für sein Spiel
keine Vorschrift benötigt.
Siehe die Vögel;

sie nisten in den Kanonen,
die auf den Schrottplätzen stehen
und singen im Frühling.
Was wollen wir denn.
Guten Tag sagen,
über den Zaun sehen,
für eine Ziegenhaut
Äpfel erhalten; wer
denkt da ans Messer.
Sie aber maßen sich an
die Ämter der Engel
und spielen Geschick.

Mein Herr und Chef, die Frage
ist nicht, wie du das zulassen
konntest, die Frage ist, wann
wirst du es ändern.
Denn wir sind machtlos.
Die Macht unterliegt
nur der Geduld.
Die Erde ist mit Siegen
gedüngt; und doch
herrscht die Macht.
Wofür also Waffen.
Dann lieber alt werden,
zusehen, wie der Gewalt
die Zähne ausfallen, das
Unrecht der Schlag trifft
und die Denunzianten
an Krückstöcken gehen.

Dies ist mein Wunsch.
Deshalb vermeid ich
den Unfall und hebe

die Jahre mir auf. Ich
könnte auch sterben,
Gefahr wohnt in jedem Beruf;
doch leben ist besser.
Wir sollten vorsichtig sein;
vielleicht heißt, die Macht
zu besiegen, nichts
als so lange wie möglich
am Leben zu bleiben.
Listig aus Liebe: dies
will ich sein. Deshalb
stehe ich an der Kreuzung
und geleite den Blinden.
Jeder hat ein Recht alt zu werden,
auch der Fußgänger. Wer
das Licht der Ampel nicht sieht,
dem ruf ich es zu; es
leuchtet für alle.

Mein Herr und Chef. Diese Runde
nähert sich ihrem Ende. Der Park
leuchtet, sein Grün
verbirgt die Wunden des Zorns.
Schon schweigt der Pirol.
Der Sommer rostet von innen.
Zuerst in den Kehlen der Segler,
dann am Kelchgrund der Tulpen
und langsam
steigt das Rot auch
in die Wange des Weins.
Lasse auch uns reif werden im
Schein dieses Lichts, klaglos
dem Fall der Kastanie lauschen,
dem Aufbruch des Kranichs,

Geduld haben selbst
mit dem Winter.
Das Ziel ist das Alter,
es liebt den Eiligen nicht;
sein Lächeln gehört
dem Frohlocken der Greise.

Geben Sie acht, junger Mann
beim Überschreiten der Fahrbahn.

Nachruf auf das Kind, das ich war

Geboren ward ich gern. Ich lachte früh
und hielt mich zu den Zwergen.
Gift, das man streute, wußt ich
zu erkennen an der Sorgfalt,
wie es die Nägel ausließ auf
den Dielen, weil es sich sonst
durch Flecke Rosts verraten hätte.
So gewitzt, vergaß ich nie,
mir Bretter mitzunehmen, Bücher,
um im Licht des vollen Mondes
einen Steg zu bauen über
Albtanzplatz und Mehltauwiese.

Zum Himmel aufzublicken wurde
mir mißgönnt von eifersüchtgen
Nonnen, die im kotbeschmutzten
Laken mich zur Jungfrau schickten,
deren Kind das Schandmal, das
ich war, verhöhnte, während sie
die Nase rümpfte. Dennoch hielt
mich Gott für wert, mir Angst
zu machen und als weißer Kleider-
schrank auf grauen Mottenflügeln
durch das Schlafgefild
zu streichen, starr beäugt
von Totenwurm und Steckdos-Eule.

Die Tage hatten Maiskornzähne,
gelb bis golden, und sie lehrten
mich die Liebe kennen zu Holun-
dersuppe und Lakritzenstangen.

Freundschaft pflegt ich mit den
Tauben, die mich in die Lüfte
rissen; aber wo die Welt am
höchsten war, da rupft ich
mir die Federn aus und fiel
aufs Wasserrad und ließ
es tropfensprühend kreisen, bis
Knie und Kinn zusammenstießen
und mein Nacken der Libelle
Helligkeit und Wärme bot.

Der Sonnenreifen rollte; dengelnd
schlug ans Felgenblech der Stab
der Regentrude, die das große
Welken will, und Schatten sanken
auf die Felder, und die Grillen
wurden still. Ich ging aufs Alter
zu im neunten Jahr und trug
an meinem Wissen schwer. Böse
war ich zu den Mäusen, mild
den Molchen; aber an das Gleich-
gewicht der Waage glaubte ich
nicht mehr. So kam der Tod,
das falbe Käuzchen, mir nur recht.
Sein Flügel streifte mich im Schlaf,
und fröstelnd starb ich. Selbst
das Wangental des Knaben, der
an meiner Statt erwachte, war
gezeichnet schon vom Flaum
der Schwingen, die ich rief.

Unvergessen: Der orthopädische Laden
tief unten im Keller. Das Fenster
verstaubt, zur Hälfte nur sichtbar,
zur Hälfte unter der Erde; zerteilt
vom Gitterrost, dessen Abdruck noch heute
auf meiner Stirne erscheint, nach
gewittrigen Schauern, wenn der glühende
Atem der Straßen die Brandmauern wellt.

Bäuchlings lag ich ans warme Pflaster
geschmiegt, die Scheuklappen der Hände
hielten die obere Welt von mir fern,
und ich starrte ins Dunkel. Nie sah ich
weißeren Gips, nie Werke gewissenhafterer
Bildner. Soviel Liebe in den Abgüssen
der Klumpfüße. Diese Zärtlichkeit
zu Deformationen. Ein solches Maß
an Achtung auch noch vorm krüppligsten
Zeh. Und welch ein Zuspruch
im Glanz der gebirgigen Schuhe.

Hinten, wo die hilfreiche Werkstatt
einmündete in die untere Welt, hingen
die Stöcke; Esche und Weißdorn, der Scham
eine Stütze, um der Verletzbarkeit
dieser Erde willen am unteren Ende
gedämpft mit Pflöcken aus Gummi. Daneben
die Schienen, in schimmernder Ungeduld
das Röhrichtgebein zerbrechlicher
Kinder erwartend. Knieabwärts Gepanzerte,
entließ sie der Keller auf den Armen

der Väter. Hinkend versuchte ich, den Gelähmten zu ähneln. Doch niemals versagten mir Beine und Füße den Dienst, wie sehr ich sie dafür auch haßte.

Wahrheit

Ich war vierzehn, da sah ich,
im Holunder aß eine Amsel
von den Beeren der Dolde.

Gesättigt, flog sie zur Mauer
und strich sich an dem Gestein
einen Samen vom Schnabel.

Ich war vierzig, da sah ich,
auf der geborstnen Betonschicht
wuchs ein Holunder. Die Wurzeln

hatten die Mauer gesprengt;
ein Riß klaffte in ihr,
bequem zu durchschreiten.

Mit splitterndem Mörtel
schrieb ich daneben: »Die Tat
einer Amsel.«

Im Streckhang

Nimm, was du haben willst, Vergessen.
Den gelben Kürbis und die schwarze Katze.
Den Muskatnußduft, die Schuppe unbekannten
Fischs, die porösen Gummis für die Einmachgläser,
das sommerliche Friedhofstor, an dem
ich Fliegen fing den Fröschen, die im Ried
den Regen brauten. Nimm alle meine Schätze; auch,
Vergessen, wenn du willst, die stillen
Kiefernwälder, wo im Beerenblau die Dächsin
ihre Jungen anhielt, Käfergold zu horten; auch den See
mit seinen roten Erlenwunden und dem Zug
der Stare, die ins Röhricht fielen, Bronzemeteore;
jäh verstummend, wenn die Reusenringe klirrten.

Nimm, was du haben willst, Vergessen; nur
jene Stunden nicht, da wir am Galgen
hingen, er und ich, und unsre Zehen eben noch
den Boden streiften, indes die Leinenschlaufe
unterm Kinn den Hals uns hochriß und die krummen
Rücken dehnte. Es war Abend. Der Bock, in Rost
getaucht von später Sonne, zeigte dunkle Flecke:
Schweiß der Turner, die am Tag gegrätschten Sprunges
sich hier Sicherheiten schufen, wie wir sie nie
erlangen würden. Auch des Barrens Holme glänzten
herrisch,
und um die totschlagblanke Eisenstange, die, ins Reck
gepreßt, nach heißen Händen gierte, kamen graue
Wolken Magnesiumstaubes kaum zum Stehen.

Nimm, was du haben willst, Vergessen; nur
diese Halle nicht, zuhöchst mit Strickgirlanden

ausgeschmückt, in deren Hölzern, Ringen, wenn
wir die Blicke hoben, der fahle Abglanz unsrer
Kindheit glomm. Die hohen Fenster offen: Mauern;
und Rollschuhrasseln und das heisre Schrein der Segler
drang herein. Und dort die andern. Mit ihren nackten
ausgehöhlten Oberkörpern und in schwarzen Badehosen
wie beraubte Trauergäste wirkend, eingeladen
zum Begräbnis ihres Mutes, dem der Verstand
ein grelles Denkmal setzte: Die Krankenschwester,
die, gehüllt in Stärkedüfte, uns den Wert
von Qualen lehrte, die wir unbelehrbar litten.

Nimm, was du haben willst, Vergessen; nur
diese Schmerzen nicht, mit denen die gekrümmte
Wirbelsäule sich an den verratnen Opfern für den Wunsch
der Eltern rächte, die sie gerade wollten. Denn
die meine war den Büchern zugetan und feind der Haltung,
die versteift gehorchte; während seine unterm Joch
der Last sich beugte, die die Schultern Israels seit je
ertrugen. Dennoch maß der dunkle Blick der Mutter
ihn von Tag zu Tag erregter, und mein Vater kannte
jenes Würgen nicht, das, wenn wir hingen, unsern
Atem keuchen ließ und die Gedanken zwang,
sich Letztem zuzuwenden, so daß ein jeder
von uns sprach wie in der Stunde seines Todes:
klar und keusch.

Nimm, was du haben willst, Vergessen; nur
die Gespräche nicht, die wir am Galgen hängend
führten, Kain und Abel, noch verbrüdert
durch die gleiche Krümmung unsres Rückgrats. Gott
war nahe damals. Seine pergamentnen Lider
trugen Talmudfabeln eingraviert, die rissig
barsten, gingen diese Augen auf im Text der Lehre;

und Tauben kühlten seinen Lavamund mit
blauen Flügeln, deren Sog uns Schwebende
vom Boden abhob für Sekunden und den strengen
Engeln zugesellte, die versteint im Luftraum thronten.
Ach, dieser Sturz, wenn dann die Schwester kalkig
lächelnd
uns herabriß, und wir stumm zu fremden Kleidern
gingen!

Nimm, was du haben willst, Vergessen.
Den alten Tango und die rosa Fahne.
Den Teergeruch, die Trapphahnfedern der
Indianerhaube, das kühle Mehl für meine Füße,
die dem Mondlicht folgten, hinterm Efeugitter
in der Zellennacht die unbewegte Stirn des Kranken,
der seiner Krönung harrte. Nimm alle meine Schätze;
nur, Vergessen, laß dies kurze Bündnis mir,
da Abel noch mein Bruder war am Galgen.

Ende der Jugend

Der Ziegenmelker
zerschnitt mit seiner Sichelschwinge
die Mückensäulen, die
den Himmel stützten; der brach ein,
und durch das ausgefranste
Loch im fahlen Firmament
glomm Sternengrind
und war der schwarze Leib
des Alls zu ahnen, zitternd.

Der Förster ließ die Flinte
sinken; und erst jetzt
begann das Echo
aufzublühn des Schusses:
Ein Pilz; den Unkenruf,
die Baumheuschreckenstrophe
tilgend und zuinnerst
mit dem Brüllen
der verletzten Stille angefüllt
wie ein Bowist
mit Gift:

Ein Riesenpilz,
der jenen späten Abend
aus der Welt verdrängte,
nur den Geruch
von heißem Stahl
und eine graue Wolke Pulvers
übrigließ für mich,
und für die Erlenwälder
und die Binsenkubben
die zerfetzte Ente, deren Flügel
im weichen Maul des Setters
rhythmisch wippten.

Gehenkter Partisan

Ein Sensenschatten
schlug die Sonnenblumenfelder.
Das Samenantlitz,
weiß noch unter gelber
Jugend bienensüßem Staube,
knickte mit der Laubmonstranz
ins Stengelhaar, und klaffend
bot der Schaft des Silberhalses
dem Himmel seine Wunde dar.

O, federleichtes Mark
gebrochnen Julitags,
vor dessen Blau
der eimerlose Brunnenbalken
knarrend auf die Lerche weist,
die, Glut im Munde, über
rußgeschwärzten Katen kreist.

Befragung des Kalks

Ich verstehe dich nicht, Kalk.
Wer war besorgter als du noch zur zartesten Muschel.
Wer hat die Panzer der sinkenden Urtierchen so
achtsam bewahrt
wie du im verschlossenen Zeughaus deines strahlenden
Schoßes.
Gesättigt von der Erinnerung an so viele Tode, ruhtest du
am Grunde der Meere, ein Greuel dem Vergehen,
der Ewigkeit eine Hoffnung. Und nun dieser Verrat.

Kalk, ich verstehe dich nicht.
Als dein erhabener Leib, unsäglich rein, den verrinnenden
Fluten
enttauchte, da war doch ein Preisen am Himmel
unter den Albatrossen und Möwen, da war doch keiner,
der sich nicht scheute, das ätzende Kreuz seiner
Flugsilhouette
diesem Weiß aufzuprägen. Ist es da nicht dein Lächeln
gewesen,
das die entthronten Wolkengebirge wieder zögernd mit
dir versöhnte?
Du warst doch so anmutig, Kalk. Du hattest doch Würde.
Und nun gibst du dich her zu solcher Verrichtung.

Ich verstehe dich nicht, Kalk.
Wie war dir am Fortkommen des Menschen gelegen.
Du gabst ihm die Kreide; und an die nachtschwarze Tafel
schrieb sie tröstlich das A. Und Gleichung auf
Gleichung, lösbar
deinem Verstande, nebst dem Grundriß der Welt:
Himmel und Hölle, unterm Hüpfbein des Kindes

zu letzter Wahrheit vereinfacht vom Staub deines
Fleisches.
Und nun als Aussaat in den Schürzen der Mörder.

Kalk, ich verstehe dich nicht.
Du nahmst dich der Schutzlosen an; du ließest dich für
sie verbrennen
und lechztest, all deiner Säure beraubt, auf dem
Bauplatz nach Nässe.
Doch du hattest dem Maurer gewährt, sie dir in einem
Mischungsverhältnis
mit Sand zuzusetzen und löschend, was dich im Innern
versengte,
taten deine neuen Bestandteile sich mit den
Vorweltpartikeln
zu Mörtel zusammen, eine Stärkung den Wänden: Du
wolltest doch Dauer.
Und nun diese Wandlung zum Schnee der Verwesung.

Ich verstehe dich nicht, Kalk.
Du hast der Schlemmkreide geboten, den
Todgeweihten zu dienen,
auf daß sie das Dunkel, das im Mund ihnen lauert,
verberge
hinter weißem Gelächter und sich vereine mit andern
Essenzen
zu Kitt, um der Erkenntnis ein Fenster zu setzen in die
Mauern der Nacht.
Du bist, vom Mitgefühl überwältigt, der Kreatur in die
Gebeine gefahren
und halfst ihr, diese von alternder Haut umschlossene
Bürde zu tragen,
bis nur du es noch warst, der am Abend der Tage das
Knochenkind stützte,

eh es zurücksank zur erdigen Mutter. Du warst doch so
aufsässig, Kalk.
Du bist doch so mutig gewesen. Und nun der feige
Betreuer offener Gräber.

Kalk, ich verstehe dich nicht.
Wie konntest du dich senken auf die, die da betend in
die Grube sich legten,
bevor noch der brüllende Stahllauf sie anspie mit
flammender Zunge?
Wie durftest du diese Schläfenlocken bedecken, dieses
Wangental füllen,
wie dich anheischig machen, Lippen zu dörren, die
geheiligt waren
durch Davids Gesänge? Woher kam dir das Recht,
Stirnen zu weißen,
die der Schatten des Glaubens zu Alabaster
ausgebleicht hatte
und die sich wölbten von den eingebrachten Ernten der
Thora?
Ich verstehe dich nicht, Kalk.

Elegie

Sag, wirst du mild sein?

Wie wirst du kommen?

Wirst du kommen auf Schneefalkenschwingen,
falb wie der Mehltau, die Kielbrust
in Daunen verborgen, die der Ostwind,
der seidige Fechter, zu Frostmessern schliff?

Wirst du kommen auf Mammutschreitsäulen,
im zottigen Fell den Moschusduft noch
jener wesenden Welt, deren Odem am Morgen
die Gaumen der Schläfer entsetzt?

Wirst du kommen im Elfenbeinschlitten,
den die narbenbedeckte Elchkuh
Vergänglichkeit zieht: ein eulengesichtiges
Eskimoweib, in den Bluttran
nach außen gekehrter Robbenfelle gehüllt?

Wirst du kommen auf Sandsturmstelzen,
umheult von Hyänen, den Aasgeierkopf
aus dem verkarsteten Schultergebirge
herniederrecken zum Fraß, und im Auge
ein Feuer, das selbst Wüsten noch
in Lavafelder verwandelt?

Wirst du kommen auf Muschelpfahlstümpfen,
vor Krebspanzern klirrend, die Flossenfaust
saugend um die Sandurgurgel gepreßt,
daß der Hund ein Gesicht hat, die Magd sich

am Kreuz die Stirne zerschlägt und
der Nachbar einen Albatrosschatten
aufsteigen sieht über der bröckelnden Esse?

Wie wirst du kommen?

Auf Rädern, Tod, geschmückt mit Girlanden,
wie die erste Eisenbahn kam, ein keuchender Gruß?
Wirst du ein Aluminiumpfeil sein, zielsicher,
mit pergamentenem Schaft, und im Sog
deines sirrenden Flugs Elektronenmusik?
Wirst du ein Stahlkoloß sein, tauüberhaucht,
der auf lautlosen Gleitketten rollt?

Wirst du als Lemmingheer kommen, hechelnd,
bereit, dich ins Blutmeer der Venen zu stürzen?
Wirst du als Drahtvogel kommen, reglos und
riesig, den rostig geäderten Rumpf mit dem Rauch
längst erloschener Vulkane gefüllt?
Wirst du aufgehen als Nordlicht?
Wirst du fallen als Ruß?

Sag: Wirst du mild sein?

Wird es dir möglich sein, die Gestalt
eines Rens anzunehmen, ruhig äsend
über die träumende Moossteppe der Seele
zu ziehen, ohne mit dem knackenden Huf
an die Schneehasenskelette zu rühren?

Kannst du, mein Tod, nicht kommen, umweht
vom Geruche blühender Linden, und summend
vor Bienen: ein dörrender Hauch, der am Abend
die Unterseite der Blätter verfärbt?

Kannst du nicht kommen als arktischer Frühling,
den Frost dieses Lebens hinwegtauen, daß,
was bleibt, wie ein Anger erblüht, mit
Wildgansketten und Schmelzwasserschmuck
überschüttet, und im flechtenbehangenen
Haar den silbernen Strandläuferpfiff?

Kannst du nicht kommen als lächelnde Viper,
den lavendelfarbenen Leib in stillen Spiralen
durch den glühenden Wüstensand bohren, zornlos
das Gift deines Bisses dem Fuß anvertrauen
und fortgehen: sanft, eine verwehende Welle im Staub?

Kannst du nicht kommen als lederner Fisch,
mit gelassenem Flossenschlag die
Brackwasser fader Gewöhnung zerteilen
und dich hinabsinken lassen, schwer, auf den Grund
aller Tage und mich das Aufsteigen lehren?

Kannst du nicht sein wie die Qualle,
verschleiert hergezuckt kommen, schräg
durch die Flut, das Bündel rosiger Arme
liebevoll um das taumelnde Treibgut geschlungen?

Sag: Wirst du mild sein?

Wird es dir möglich sein, den Umriß
eines Kranichs zu wählen, federnd dich
abzustoßen vom Sumpf der Verderbnis und sieghaft
hinaufzuziehen in den farblosen Lichtkern des Nichts?
Kannst du, mein Tod, nicht kommen als Einhorn,
unbeirrbaren Ganges mir den Fluchtpfad
bereiten durchs splitternde Bambusdickicht der Welt?

Kann dein Atem nicht Eisblumen hauchen
auf die lidlosen Augen, so zart ziseliert,
daß das Herz vor Entzücken zu schlagen vergißt?
Kann deine Stimme nicht sein wie das Gurren
der Taube mittags im Schlag: einschläfernd, süß,
den Marder verleugnend, den Habicht, nur
Zärtlichkeit, Werben und dumpfe Verzückung?
Kannst du nicht sein wie ein Schneefall?
Kannst du nicht aufgehn als Mond?

Sag: Wie wirst du kommen?

Ach, Tod, du wirst kommen, gesalbt
mit dem Grauen der Welt: blitzend
die verchromten Spinnbeine aufheben
über Spitalbetten, Fiebernden deinen
narkotisierenden Atem in die Angstträume
jagen, daß sie dich sehen als wölfischen Arzt.

Kommen wirst du, gebettet ins Schwirren
rötlicher Heuschreckenschwärme, blicken wirst du
aus Rohren schwarzer Geschütze, den Schächten
ertrunkener Untergrundbahnen, lauschen
mit Radartellern, die umkränzt sind
von Fledermausflaum, und singen
wirst du im sprühenden Lied der Raketen.

Ach, Tod, du wirst sein ein großes Erschrecken;
spreizen wirst du den Eidechsenflügel, geschüttelt
vom Dröhnen des Motorgehirns; sitzen wirst du
am beinernen Schaltbrett ferngesteuerter
Wolken, aufsteigen wirst du im Gaspilz,
dich hinlagern über die Himmel, niedergehen
in Asche und Anbetung heischen, umglänzt
von der Monstranz vergifteter Strahlen.

Umgehen wirst du, behängt
mit den fasernden Häuten Gehenkter;
paradieren wirst du im lautlosen Schritt
verstohlener Mörder; grüßen wirst du dein Volk
herab von Tränenthronen und Blutbalustraden
mit dem strahlenden Lachen des Fallbeils.

Ach, Tod, du wirst kommen, gekrönt
von den Feigheiten Gottes: Schlachtfelder
segnen mit krustiger Hand, die Fährte
deiner Vampirkralle dem Greis
ins Wangental brennen, Gebärenden
das hungrige Tiergebiß weisen; der Pest
die Schläfen kränzen mit Mohn,
hinabbeugen die schuldlose Grimasse deines
Frohlockens in den Lichtschacht des Lebens.

So wirst du kommen.

Nicht genug, dich zu fürchten;
es ist dein Ehrgeiz, auch gesehen zu werden:
Einmal von jedem; ob er die Kammer
mit Blöcken des Stumpfsinns sich füllt,
ob er sich eingräbt in staubiges Wissen,
fallen läßt aufs Strohlager der Liebe,
aufblickt lügenden Auges ins All
oder blind unterm Kopfputz des Glaubens
sich wiegt in erborgter Gewißheit.

Es gibt nur eine Gewißheit, mein Tod; und die
ist dein Kommen. So komm denn gemäß
den Gesichten, die der von dir hatte,
der dich im Zorne erschuf und nun geschlagen
mitansieht, wie du tötest, ohne zu hassen.

Komme, mein Tod, in all deinen Schrecken.
Da du sie aufwendest, weiß ich, daß die Kraft
dieses Lebens dich ängstigt.

Epitaph

Hier,
diesen Stein:
dem Brauch
der Väter folgend,
legte ich ihn dir
jetzt gern
aufs Grab, zu zeigen,
ich war da.
Jedoch,
wo war ich,
als zum Grab
der Ruß die Winde
sich erkor;
und haben Steine
Flügel?

Wissensdrang

Ich war nicht in Rom;
ich kenne auch London nicht
und nicht das gern gepriesene Manhattan.
Ich glaube auch nicht,
daß ich Paris einmal sehn werde;
ich habe ein Vorurteil gegen Städte,
die in jedermanns Mund sind.

Dagegen träte ich gern einmal wieder
unbenagelten Schuhs
in die Barbierstube in Stibbe,
einem verschwindend winzigen Ort
oben in Pommern, und ließ mir,
während das gefräßige Messer
knirschend über die Bartweide zieht,
vom Bader erklären,
wie man ein Hühnerbein schient.

Historischer Rückblick
16. 8. 61

Im offenen Fenster
stand das Terrarium.
Die Laubfrösche
bevorzugten
an diesem Nachmittag
den Schatten.

Sie saßen hintereinander
auf dem verknöcherten
Weißdornast,
der das Terrarium
in der Diagonale
zerteilte.

Es war zu beobachten,
wie der Atem
die stirnkühlende Scheibe
sternförmig trübte.

Die Abdrücke
der Froschzehen
am Innern des Glases
blieben dabei
erhalten.

Ob ein Wind ging,
woher er wehte,
ist mir entfallen.

Die Panzer
wirkten aus dieser Höhe

recht klein;
unter den Fröschen
hindurch
sah man sie jenseits
der Spree vom
Alexanderplatz kommen.

Staubaufwirbelnd
verlor sich
die Brigade im Dickicht
der Gräser.

Später
rollte sie langsam
die Schräge des Asts hoch.

Hier
entzogen
die hechelnden Kehlsäcke
der Frösche sie
meinen Blicken
für immer.

Anbetung

Ich bin kein König;
mein Fahrrad lehnt an diesem Stall
und alles, was ich bring, ist Angst:
Du wirst jetzt fliehn.

Der Esel hat schon aufgehört, das zarte
reifgeschmückte Maul
ins Gerstengold zu tauchen, bald
wird auch das Weiß der Tauben blasser,
und der Morgen mahnt.

Maria spiegelt sich
in einer leeren Büchse, deren Rund
verzerrt; ihr Mund übt Lächeln,
sie will gewappnet sein.

Das Feuerzeug, das Josef sich
an die zernarbte Pfeife hält,
läßt Schatten tanzen, seine Wangen
sammeln Nacht; der Bart,
mit Sägespänen dicht durchwirkt,
zuckt rhythmisch auf.

Du lachst.
Der Tabaksqualm mischt sich
mit Myrrhenduft und zieht
als blaue Wolkenader
dem Stier ums Haupt, das schläfrig nickt.

Die hier Kronen trugen, sind
gegangen. Der Jordan führt noch
Flecke von Benzin; zu Stahl

vor Ehrfurcht ward die Woge
unterm Rad. Die Gaben
glänzen stumpf im Kot;
der Bastschuh Josefs trat sie ein;
Pokale hindern, wenn man flieht,
und Leuchter nützen nichts: das Licht
ist billig, wo man Sterne
auf den Schultern trägt.

Nur dieser eine, der uns rief,
erlischt zu früh:
Die Schafe werden wieder ruhig;
gestillt vom Staunen, schiebt der Hirt
die Krempe zwischen All und Aug,
und alle Wölfe atmen auf.

Noch lächelst du, und den Herodes
wird ein Eselstrott beschämen, doch
die Telefone schrillen
dein Frohlocken dir voraus;
und Grenzen hindern nur Verfolgte,
Verfolger reichen
übern Schlagbaum sich die Hand.

Der Pfeifenkopf ist ausgebrannt;
ein letzter Funke fliegt
ins Fell der Kuh, das ahnend bebt.
Maria bündelt die Konserven,
ein zweites Bündel dann, das Kind;
und mürrisch schiebt mich
Josef aus dem Weg.

Ich bin kein König;
mein Fahrrad lehnt an diesem Stall
und alles, was ich hab, ist Angst:
Du mußt jetzt fliehen.

Toter Soldat

Nun noch den Asseln pfeifen unterm Stein,
daß sie die Panzer rasseln lassen,
und im Turm aus Sand
der Feuerkäferschütze am MG.
Den Krieg begann die Maus,
ihr Grau ist nur geliehn,
darunter geht sie nackt
und flechsig, blau und bloß.
Gefordert ward das Fell,
die Ohren blieben dran:
Jetzt schweigt das Gras,
und eingemummt in Stille
stemmt der Pilz die bleiche Schulter
unters Laub, das blasig birst.
Der kahle Eichenoffizier hat ausgedient,
im hohlen Stammbaum steigt der Staub
zu roten Schwaden auf.
Das Moos verblutet ungestillt.
Geschient ist worden, was zerbrach;
doch das Geheilte west,
und nur was beinlos ist und ohne Hand,
das darf noch hoffen, daß es lebt:
Der Wurm wird siegen,
und der Arm verliert.

Der Aasvogel spricht

Immer schon
habe ich nach Worten gesucht,
aus denen du hörst,
wie sehr ich dich liebe.
Das eine, das so große
und gutgemeinte
Wort, welches gleich
nach Gott kommt, ich
hielt es für alt,
für verbraucht. Doch ich kehre
nach meinem ratlosen Rundflug
zum Ast dieses Wortes zurück,
ich setze mich auf seine Schulter;
ich lege die Flügel zusammen,
und mein schuldig gewordener
Schnabelmund formt, was ich denke;
und ich nenne dich,
wie dich alle genannt haben:
Mensch.

Ich weiß, ich habe kein Recht,
dein Ohr mit dem Gekrächz
meiner Stimme zu füllen.
Es ist wenig Neues, was ich dir sage;
du wirst weghören wollen.
Doch was du sonst hörst,
hat die Möglichkeit,
sichtbar zu werden. Ich aber möchte
vom Nichtsichtbaren sprechen.

Ich möchte dir sagen, daß diese
achtzig Jahre nichts als die Spitze

eines Eisberges sind, dessen
tausendmal größerer Rumpf
bis tief ins Weltmeer hinabreicht.
Dein Tod läßt dich nur
die Kälte der Eismassen spüren:
Du schmilzt in dich hinein
und bist nun gefangen
in einem glasigen Block
voll gefrorener Bilder.

Und es sind Bilder des Schreckens.
Du siehst Skorpione
mit verwüsteten Kindergesichtern,
elchhafte Greise, die pergamentene
Flügel entfalten, geifernde Echsen
in brunftfarbenem Brautschmuck
einhergehen auf
den Schenkeln getöteter Männer.
Seesterne siehst du
mit schleimig klaffenden Mündern,
Vögel, in deren durchsichtigen
Kröpfen sich Embryos krümmen,
Spinnen, die einen Pelz
aus Menschenhaar tragen.
Immer wieder siehst du die gleichen,
die furchtbaren Glieder der Kette,
aus der du dich löstest.
Doch auch dieser Block schmilzt,
und mit ihm schmelzen die Bilder.
Sie lösen sich auf; ihre Essenz
bleibt dem Wasser erhalten
oder verdunstet. Und dann
fühlst auch du dich
von Wasser umleckt,

und das äußerste Glücksgefühl,
dessen eine Substanz
nur fähig sein kann,
strömt in dich ein.

Und nun bist du Salz; und es kommt
wieder, eingebettet ins Weltmeer,
die Träne Gottes zum Vorschein,
die schon immer dein Wesen bestimmte,
und die auch jetzt
genug von seiner Netzhaut gespülte
Wünsche enthält, um dich Kristall
oder Plankton werden zu lassen.

Schon spürst du wieder den Frost;
was noch da ist von dir,
schießt mit anderen Teilen
zu einem Eisstern, zur obersten
Spitze eines künftigen, tief
in den Meergrund wachsenden
Eisbergs zusammen.
Und du beginnst auch
wieder zu sehen, doch diesmal
hinauf; alle nun neu
beschworenen Bilder
heften sich an dich
ohne dein Wissen.
Nur in den Träumen,
die du so gerne verschweigst,
steigt noch der elchige Alte
mit den Fledermausflügeln herauf.
– Und hier möchte ich zu dir
wieder vom Sichtbaren reden,
von dem, was du bist;

jetzt, da ich dich anspreche,
Mensch.

Ich möchte dir sagen, daß diese
achtzig Jahre tausendmal mehr sind,
als es der untere Teil
eines Eisberges andeuten kann.
Kein Gebirge der Welt ist imstande,
die Last an Todesmut, Freude
und Angst aufzuwiegen,
wie du sie jene Spanne lang trägst.

Und fordert man Totschlag von dir,
gibt man dir Gewehre und Messer,
dann, bitte ich dich,
gedenke nur einmal
jener gefrorenen Schrecken,
aus denen du kamst,
zu denen du gehst.

Und erinnre dich auch: So einsam
du warst im Eisblock des Todes –
dem, den du tötest,
wird es ergehen wie dir.
Warum ihn jetzt schon
hinabschicken ins
Glashaus des Grauens?
Er hat Lehm an den Schuhen wie du.

Lehnt das Gewehr an die Wand.
Stoßt die Messer ins Erdreich.
Erkennt die nackte,
auch von Gott nicht zu heilende
Herkunft alles Lebendigen
aus dem Schlamm.

Bedauert das vergängliche Fleisch.
Beweint die Häßlichkeit eurer Eltern,
der Skorpione, der Echsen und Asseln;
betrauert gemeinsam, daß auch den Kindern
keins jener Bilder erspart bleibt.

Aber bedenkt auch
die Salzträne Gottes im Blut
eines jeden von euch. Es ist nicht Hohn,
daß brünstige Schnecken die Wände
deines Traumschachts heraufkriechen,
Mensch.

Gott hat das Leben gemeint,
und er hat unten begonnen;
daß er zu dir gelangte,
welch Glück.

Und das habe ich sagen wollen;
ich, der ich selber kein Mensch bin,
nur ein geierartiger Vogel,
Schlamm an den Fängen,
Phantom deiner Träume, doch begabt
mit einem Herzen voll Liebe,
voll Vertrauen
zu dir.

Neue Gedichte 1965–1979

Für Marina

I.

Gedenken

Die Heiterkeit
deines Nasenrückens.
Kolibriflügel
sind deine Brauen.

Finger, gemacht,
um Tautropfen
zu modellieren.

Wo schläft
dein Schatten?
Ich lege mich zu ihm.

Glück

In der Sonne
liegst du, Füchsin;
träg, vorm
Eingang des Baues.

Dein Pelz
flirrt. Wie kupferne
Funken die
springenden Flöhe
darin.

Mit dem linken
Ohr lauschst
du
dem Häherschrei
im Wald;

das rechte, zer-
franst,
ruht umgeknickt
aus.

Abseits im Farn
zerkaut
unser Kind
schräg gehaltenen
Kopfs

den Lauf des
gestrigen
Hasen.

Locklied Noahs

Komm doch.
Komm, meine Taube, noch ehe
der Wolkenschatten dich schwärzt.

Stoß nieder. Fall ein.
Der Schlag meiner Wimpern
steht auf.

Die Netzhaut zerreiß;
bring Welt mit, mein Vogel.
Ich streue dir Mais.

Messungen

Der Kuckuck lügt. Er zählt die Zeit
nach falscher Währung.

Gezinkt die Zeiger. Der Kalender
tröstet den Zerfall mit Kochrezepten.

Allein dein Puls mißt die Sekunden,
die wir leben, ganz. Ihm laß uns trauen.

Herbstliebe

Streich dir das
Spinnweb fort
unterm Aug.

Wirf sie, die
aschene Strähne,
zurück.

Ich säe Wollgras
auf deine Schultern.

Ich pflanz dir
Steinbrech
im Schoß.

Mein Farnzelt
überdacht
deine Narben.

Verweigerung

Aus der Höhe des Turms
dieser Sturz in die Zeit.
Hagebutte und Himbeer,
meine Augen zersticht.
Geblendet durchtast ich
die flechtigen Stämme.
Dein Haar hing am Gitter,
geschlungen um Rost. In
Wüsten wohnst du, Rapunzel;
die Dohlen riefens mir nach.
Dort lockt dein Haarflaum
die Hummel;
dort vergräbst du die
Schere im Sand.

Aufblick

Flügelschlaglos,
über den kreidigen
Träumen, da
kreist er:
Dein Schatten;
gekreuzigt
auf das
Papierdrachenrückgrat
des Winds.

Wie werd ich
dich finden,
Schwalbenflüglige,
des rußigen
Spiegelbildes
beraubt; gestäubt
vom fahlen
Mehltau des Mittags:
Stumpfen Gefieders,
die Schnabellefzen
verkrustet,
zuckend im
Lichtschacht?

Ach, stürz doch
ins Herz mir;
sein Blut wird
dich schwärzen.

Rückkehr

Du kommst;
die Schwalbenfedern geliehn.
Den Wind, der das Nest
des Rohrsängers wiegt, du
spürst ihn im Nacken.

Karauschenblitze
prägen die Bahn. Hoch
zieht im geheiligten Keil
dir die Wildentenkette
voraus.

Du kommst;
gebenedeit unter den Binsen.
Geliebt von Entengrütze
und Schilf.

Der Gelbrandkäfer
umtaucht dich. Die Perle,
die er dir mitbringt,
aus silberner Luft.

Du kommst;
kommst auf dem
schwimmenden Stein.

Unterwerfung

Eine, die ist
wie Seidelbast rauh;
und das Gift
in der Beere
bewahrt sie dem,
der sie ehrt.

Siehe dies Knie;
es grünt schon
vor Moosen. Bald
wird das Nackenhaar
den Horizontrand
bewalden.

Daphne, dein Blick:
kühl, voll
salamandrischem
Feuer, brennt
er mir
auf den Nägeln.

Unterwegs

Die Fährte des Luchses,
lesbar der Liebe, sie
führt durch den Windbruch.

Ich gehe dir nach.
Meine Ohrbüschel spielen.
Die rissigen Krallen
kauern in Samt.

Deiner Witterung folg ich
zum Lärchengeleucht, dem
rostenden und hinauf
die Murmeltierhänge.

Jenseits der Felsen,
im Moostal, dort
wohnst du.

Interregnum

Das war die Zeit,
da noch die Liebe mich mied,
nicht im rostigen Hahnenrot
mir in den Nacken sprang
und »Entscheide dich!« krähte
und »Stirb!« schrie und »Leb!«

Sondern da war nur die Hütte
des Fischers, schuppig, Aalschleim
im Fenster.

Da war nur der fallende Perpendikel
des Monds, der die Nachtschwalbe
totschlug; und um die gewitternden
Schläfen der Kranz aus Grillenglas,
Pferdehaar, Mohn.

Da war nur die Klapper der Wachtel
im Feld und die atmende Gurgel
des Mittags.

Da war nur das Messer am Himmel,
das den Abend trennte vom Tag;

und glanzlosen Auges, nur Neugier,
erkannt ich unterm zustoßenden
Schoße des Melkers die Magd,
die den singenden Schweinen
frühmorgens die Tröge
mit Stampfkartoffeln füllte,
mit Spülicht und Schrot.

II.

Auf Seide, in Stein

Dschung-Hsiän
übertrug
die Ruhe,
die er
in Versenkung
erwarb,
auf den Pfeil,
den er am Morgen,
als die erste
Wildganskette
auf dem
Südufer einfiel,
über
den Fluß
schoß:
geschlossenen
Auges
das Ziel
anvisierend,
einen
im Wind
zuckenden
Rispenrest, der
einstmals
ein Bambusblatt
stützte.

Der Pfeil
ruht
im Flug.
Die Rispe
steht still.
Der Fluß
ist
verdunstet.

Aufruf

Dichtet.
Der Kaiser
hat die
Liedeinsammler
geschickt.

Mühsam, die
Ehrenwerten,
gehn sie
über die Felder
und gegen
den Wind an.

Gedenkt
ihres ungeeigneten
Schuhwerks.

Anzeige

Wir haben,
um die Sänfte
des Steuerpräfekten
nicht
allzu sehr
ins Schaukeln
geraten zu lassen,
am Knüppeldamm,
der die Südsümpfe
teilt,
die Faschinen
erneuert.
Der Herr
möge
guten Mutes
zu uns Armen
gelangen.

In Kenntnis

Ich habe
meinem Mann
die Hose gewaschen.

Als Soldatenfrau
weiß ich, wie wichtig
die Stelle ist, wo
der Hodensack aufliegt.

Dort laufen die Nähte
des rechten und
des linken
Beines zusammen.

Solche Nahtkombinationen
können zu
Messerklingen geraten.

Daher schlag ich
auf die hier
mit dem Klopfholz
besonders.

Nichts ärger, als
wenn sich die Männer,
heimwärts fliehend,
in jener Gegend
verletzten.

Der Sohn

Ich erwarte
den Vater vom Feld.
Er hat mir versprochen,
den Drachen zu flicken.
Mit Erde und Himmel
vertraut: Wer hat
solche Verbindungen?

Der Vater

Ich verstehe dich nicht.
Die Korkwand schluckt,
was ich meine. Ungeduld
beizt meine Stimme. Ich
sehe dich kleiner werden,
obwohl du größer wirst.
Lachend rennst du durch
den knackenden Rhabarber.

Grenzen

Wie darf
dieser einfache Mann
es wagen, ein Gedicht
über die Seidenraupe
zu schreiben; schließlich,
wen kleidet
sie denn: ihn
oder Uns?

Kaiserliche Hoheit,
es muß da
Verrat
mit im Spiel
sein; die
entsprechenden
Schritte werden
veranlaßt.

Henker, wie schön
sind dir
in deinem Vers
gestern nachmittag
die Abendwolken geraten.

Mögest du bald
wieder dienstfrei haben,
um nun auch
über den Bambuswäldern
den Mond
aufsteigen zu lassen.

Weisung

Dschu Hsi lehrt
den Ochsen:

Beuge den Nacken.

Spüre
die hölzerne
Disziplin
deines Jochs.

Verstehe, daß dies
die günstigste
Haltung ist,
dein Horn
zu gebrauchen:

streng, in
berechnendem
Zustoß.

Kaiser.
Du hast
deinen Lieblingskranich
mit Fliegenden Fischen
gefüttert;
die Brustwarzen
deiner Mätressen
mit Silberglöckchen
behängt;
eine Kiefer gezüchtet,
die,
obwohl hundertjährig,
in ein Spiel-Eimerchen
paßte.
Du hast dreizehn Schlachten
verloren;
nicht ein Korn Reis
angepflanzt;
nie von Zisternen
gesprochen.
Man wird dich,
ausgehend von deinen
Tapetenentwürfen,
allenfalls
Der Seidige nennen.
Das ist ehrenwerter
als
Der Eiserne,
Kaiser.

Der Argwöhnische

Wildgansschrei
um die Schläfe;
die Tinte
am Gürtel; so
wandert,
den sie den
Mondtäuscher
nennen.

Er schickt
seinen Schatten
voraus.
Erst
wenn die Wolke
ihn auslöscht,
setzt er
den Bastschuh

auf die
dunkelnde
Lichtung.

Einst/Jetzt

Hier ist der Trapphahn gegangen.
Dort stieg der Brachvogel auf.
Horniger Kratzer. Stehengelassene
Leiter, an Wolkenfragmente gelehnt.

Sieg

Fu, den Bauern
haben die Kämpfer
zum Helden der
Kiefernsteppe
erkoren; sein Blut
nährte die Wurzeln.

Tsen, der Beamte
schrieb ein Gedicht
über den Gleichmut,
als der kunstvolle
Schwertstreich
Kopf und Rumpf
säuberlich trennte.

Wang, der Prolet
hat dem Feind
seinen Schmelztrog
entzogen; er
rostet
im Jang-tse.

Dsing, den Weisen
trieb die Brigade
mit Schlägen
aufs Reisfeld.
Er lehrt jetzt
die Körner
zu schmecken.

Fu erhält
eine Holztafel;

Tsens Witwe
ein Fahrrad.
Wang wird das
Zentralkomitee
einen Gruß
übermitteln.

Dsing preisen
die Löffel.

Vor der großen Erscheinung

Du sprichst zu Soldaten.
Du sagst Bedeutendes über den Kampf.
Du hast mannigfache Siege im Auge.
Erwärmst dich an den Eisgebirgen
der Zukunft. Zertrittst die früheren
Feuer. Nivellierst die Kaskaden der
Klassen. Wo aber, Großer, gedenkst du
unser, die wir bereit sind, weiser
zu lieben; nicht sieben Blumen zu
pflanzen sondern nur eine. Die mit
der Wurzel zum Grund. Die sich nicht
eignet zum Schmuck der Gewehre. Eins
ist die Rettung. Mehr bringt Verderben.
Denn schon zwei sind ja Gegner. Wo,
Großer, steht das. Antworte, Stein.

Mekong

Tausend Terrassen.
Sie steigen.
Herab oder hinan?

Das Schöpfwerk
arbeitet wider
die Logik; es
schafft das
Wasser bergauf.

Schluchthin
hallen
trockene Schüsse.

Das Kind, um
den Büffel
zu treiben,
bevorzugt
das Reiskorn:

Mit dem Blasrohr
trifft es
den Hoden
genau.

Ankor

Es sprach der
Große Befreier:

„Laßt uns einen
neuen Menschen
machen. Er rode
zuvörderst. Dann
mag er säen.«

Darauf
begannen
seine Soldaten
zu ernten.

Kassiber

Lotos:
Pfeilziel;
Schläfenschmieger;
Stern
über den Un-
tiefen des
Teichs;
Mönchsmandala –:

Es
sind
Falsifikate
in Umlauf.

Libellen:
Die
Staubgefäße
rötet der Rost.

Spiegelung

Einst sagte Tschu:
»Ich schmecke Asche.«
Da war er ein Kind.

Tschu hat gesagt:
»Kalte Glut dauert.«
Da war er ein Mann.

Von Tschu stammt das Wort:
»Zerstreut meinen Rest.«
Da lag er im Sterben.

Tschu's Stimme im Wind:
»Verbindet Getrenntes.«

Tschu's Stimme im Feuer:
»Verwandelt Bekanntes.«

Tschu's Stimme im Schilf:
»Bewegt das Gesetzte.«

Tschu's Atem am Fenster.

Übergabe

Hier der Aktendeckel.
Hier ein Bogen besten Zigarettenpapiers.
Diese Schreibmaschine war mit Honig beträufelt,
man hat sie aus einem Ameisenhaufen geborgen.
Das Farbband kann rot schreiben und schwarz.
Erfasse, wer gegen uns war. Notiere Gerüchte.
Du wirst dir ein Kopfneigen zulegen müssen.
Variiere den Satz: Die Revolution hat nicht nur
Fensterscheiben zerschlagen.

Inthronisierung

Hergeführt wird er,
angetan mit
dem Lackbart, dem
Schädel des Ibis.

Die Priester
verbrennen
den Schatten.

Die Sterndeuter
löschen
die Sonne.

Das Volk
nimmt an der
Feier nicht teil;
es bricht Stein
für das Denkmal.

Danach

Das Funktionieren
des postrevolutionären
Verwaltungsapparates
erfreut den Dschungelkämpfer
besonders. Nichts schlimmer
als Unordnung; im Brotbeutel
wie unter den Leuten.

III.

Ankunft

Das Floß: Her trieb
der Sturm es
in die stillren Gewässer.
Zerschlissen Segel und Hemd.
Nackt betritt er
die schaukelnde Dünung,
der Heilige, der
nicht mehr geführt wird.

Der Fuß, dem Hammer
vertraut und dem Nagel,
er setzt ihn
auf Algen, auf Soden
faulenden Schilfs.
Ölflecke dazwischen,
rostige Büchsen; Kalmus,
die tote Libelle.

Das Weiß auf der Stirne
des Bleßhuhns
beschämt
die Reinheit der Himmel.
Nur Ikarus' Knochen
sind bleicher. Am Grund
jeglichen Wassers
ein Splitter
ihres Protests.

Nieder die Schwere!
Und hernieder sinkt sie,
und siegt, von
Stichlingsschatten
umkränzt.

Der Heilige aber,
aus dem Kollegium
verstoßen, der Gloriole
verlustig, er
geht auf dem Wasser.
Nicht aufsteigen
kann er, nicht sinken;
nur ausstreuen, was er
bewahrt hat:
Den Samen der Insel.

Der Erwählte
Für O. S.

Er ahmt die Vögel nach.
Von allen Seiten kommen sie geflogen.

Sie setzen sich ihm auf den Kopf.
Sie balanzieren die ausgestreckten
Arme entlang. Sie fassen Fuß
auf den Schultern.

Er jubiliert mit ihnen. Er trillert.

Sie sind begeistert. So ist die
Vogelwelt noch nie dargestellt
worden:

Von einem Doktor der Naturwissen-
schaften, der sämtliche
Goldhähnchendialekte beherrscht.

Sie rufen auch die entlegneren
Artgenossen herbei.

Sie alle
singen jetzt dem unter Federn
Keuchenden ein Preislied: den
Hymnus auf die gemeinsame
Heimat.

Da bricht der Zerkrallte zusammen.
Jubelnd, um einen Märtyrer reicher,
stieben die Vögel davon.

Wahlweise

Knickbein, die Amsel
hat sich

den Schatten gespart:
Wozu

dieses Schwarz
mit Schwärze
beschämen.

Auf Antrag
kommt Knickbein
jedoch

auch ohne
Amsel; allein.

Vater der Vögel

Ein Kaddisch zum 8. 5. 79

Einst warst du Falke, glittest
mit sichelnden Schwingen,
vom Schattenmesser gefolgt,
durch die kreischenden Lerchen und
übers Mohnfeld der Kindheit;
Schwalben eine Verfolgung
wert, Tauben ein Greuel; es
grüßten dich Dächer und Wälder.

Dann nahmst du dir Nachtwind
unters flaumige Kleid, tauchtest
die honigfarbigen Fänge ins Efeu-
quartier der schlafenden Spatzen.
Rissest die Amselhenne vom Herd,
zerhacktest das Nachtigall-Lied;
ließest, das bärtige Waldkauz-
gesicht auf den Rücken gedreht,
das trigonometrische Kreuz
überm Grenzstein der Jugend
zu gewöllgrauem Nebel gerinnen.

Folgtest dem gefederten Sohn
unwissend auf Krähenstraßen;
parzigen Schnabels Unheil und
Liebe kündend. Hoch über aller
Ballistik war dir noch immer an
Krächzen gelegen, an Ekelbezeugung
und Schreckruf. Im Sturzflug gingest
du nieder auf die Gefilde des Todes;
im Gleitflug strichest du über die

Lügenmatte des Schnees: schwarz,
schmerzend, wahr; Feder um Feder
was dir an Frieden gelegen,
an Umkehr und Saatgrün.

Schon stiegst du, den Hals
in die Kühle gestreckt, hinauf
an die Spitze des fröstelnden Keils.
Westwärts zogst du die gelassnen
Gefährten; schmecktest
im nicht abbrechenden Fluge die Luft
ab nach Schlickbank und frisch um-
brochenem Acker: Aka, die Graugans,
deinen erretteten Sohn zwischen
den unermüdlichen Schultern; Krater
unter dir, Blutgrind und Heimweh.

Und auf einmal diese Flamme im Hirn.
Meteorhaft fielst du ein in den
Schilfwald. Peitschtest das Wasser,
vollzogst die Verwandlung. Ein Kranich,
schrittest du scheu, gravitätisch
vor Wissen, durch brandenburgischen
Sandstaub und rissigen Nilschlamm;
König des Wassergeflügels, Herrscher
der Waldseen; das Rot des ruhiger
schlagenden Herzens als Stirnmal;
der Schnabel zuckend im Takt des
elastischen Schrittes. Übtest den
Schwerttanz, zerbrachst die Gewölbe
des Himmels, der dir sandte, was du
begehrtest: Machtbefugnis und Frösche;
auch Frauen, flugerfahren wie du;
bereit, das Nestrund zu wagen,

die Last des Geleges. Jedoch du
hieltest zum erstgeborenen Sohn.

Und abermals kamst du: Aus
grauem Regengeläut ins Grüne
dich schickend, in den Grünspan
der Forsten. Moos an den Krallen,
hüpftest du gnomig über den
Karstriß, das gelbumrandete Auge
starr auf die Ameisenheere gerichtet
und in die Verliese der Berge;
ob er dort säße, versteinert, den
wir erwarten, den angekündigten
Sohn, der dir im Grün seiner Krank-
heit so nah ist. Racham, der Grünspecht:
Wann, Vogel, bersten die Burgen,
zerbrechen die Steine, wann kehrt die
Erde aus dem Blasbalg der Zeiten
zurück auf die Atemfontäne des Sohns?

Du schweigst. Dir schleifen die Flügel.
Vater der Vögel: Du stirbst mit
den Deinen. Welch ein Metall
wäre zu schmieden gewesen aus euren
Stimmen, diesem Chore der Unschuld.
Schon machen die Feuerkäfer sich auf.
Du sinkst in die Nesseln. Du hast
dieses Leben vergessen. Deine Botschaft
bleibt stumm. Doch Grünspechtfedern
schreiben sie weiter, zähe wie Harz,
härter als Horn, weiser als Wurzeln:
Racham, du lebst.

Eiszeit

Für Alexander
(Kreiskrankenhaus für Psychiatrie
und Neurologie, Klosterneuburg)

Gleißend; weiß von Kristallen:
so haben die Väter
den Aussatz beschrieben.

Die Stromimpulse verkommen.
Klamm klirren auf den
Elektrizitätswerken die Fahnen.

Es morst dieser Frost nur
mit einer einzigen Länge. Die Kürze
entfällt, da in Anspruch
genommen vom Leben.

Was die Turbine sich denkt,
interessiert den Detektor
mit Maßen. Gutgläubigkeitslügen
werden nun nicht mehr verzeichnet.

Das Summen hört auf. Lidschlaglos
lädt das Schnee-Eulengesicht
der Steckdose zum vereisten
Elektroschock ein.

Was sind das für Frühlinge jetzt.

Ehrenfeld

Mohn auf der Brust.
Eingeschmolzen
ins niedergehauene Gelb
liebedienernder Ährenträger.

Sensenfeindschaft
unter den Hingemähten.
Ein Grün um den Helm,
jeglicher Schnitterhoffnung
ein Greuel.

Niemandes Brot.
Die Argumente des Mahlsteins
verkommen zu Staub.
Wen hungert nach Stroh?

Alexanderschlacht

Ebne, die ich gesehn hab.
Albrecht, die Speerwälder
schwenken im Pferdekarree
über die Wruken, den Kohl.

Nur ein Glück, sag ich,
daß man 's Korn schon
im Sommer vom Feld nimmt.

Wohin sonst, unter all
diesen Hufen, mit der Gerste,
dem Haber.

Der Maulwurf hat, was er
braucht: Gehäckseltes Licht.

Wir holn uns den Zehnten
vom Hamster. Den Mäusen
sei er erlassen. Was Tiefe
bedeutet, wie solln sie
es wissen.

Erz hat nur Gitter für sie.
Die kennen den blutigen
Stolz nicht, geschärft,
oben am Speerschaft.

Die Brust juckt, Bruder. Da
traf mich ein rostiger Splitter.
Ich sitz noch; aufrecht im Leder,
salmiakgebeizt.

Die Innenseite der Schenkel
preßt Schaum aus den Gäulen.
Wir hörn das Läuten in ihrem
Gedärm:

Wer furzt da vor Angst?
Bukephalus, das Roß Alexanders.
Hättest *du* das gedacht?

Gefängnis Shitomir 1944

Der, der erschossen werden sollte,
sang bis in den Morgen. Es war von
einer blauen Lagune die Rede in
seinem Lied, von Möwen, Heimweh
und von einer weinenden Liebsten.

Der, der erschossen werden sollte,
sang das Lied noch, als man ihn
schon an die Wand gestellt hatte.
Die Salve polte es um: Jetzt wurde
das Lied in allen Zellen gesungen.

Der, der erschossen worden ist,
hat mich gelehrt, Lieder mit blauen
Lagunen und weißen Möwen zu achten;
auch, wenn die Farbe der Sonne in ihnen
an Marzipan und Seifenlauge erinnert.

Heimkehr

Nele, es brennen
die flandrischen
Felder.

Hier komm ich,
von Lamme im Laken
geschleift

und geschwärzt
von Geschichte.

Mit m Mund muß
ich malen, was
wahr ist:

Ich hab sie
nicht mehr, meine
Arme;

die liegen
im Acker, christlich
bestattet.

Doch ich
krümm mich um alles,
was lebt.

Aufrecht, das
gibts nicht;

selbst Esel
lassen heut hängen,
was stehn müßt:

Ohren und Schwänz.

Nele, es stäubt
mir der Atem.
Komm, küß mich.

Kinderlied

Aus der Gegend um Gorleben

1
Siebenschläfer, deine Tage
sind gezählt.
Gib den Hunden Order, ihre Krallen
scharf zu kauen, denn der Schorf,
der uns heimsucht, suchte lange,
eh er Binsen fand und Torf.

2
Siebenschläfer, deine Tage
sind gezählt.
Tritt am Abend auf die Schneise;
wo die grauen Fichten stehn,
faucht der Marder von der Kanzel,
kannst du Gretel glühen sehn.

3
Siebenschläfer, deine Tage
sind gezählt.
Soll der Specht dir Höhlen zimmern,
duck dich in den Kellerspalt.
Auf dem Boden hockt das Käuzchen,
lehmverkrustet, stundenalt.

4
Siebenschläfer, deine Tage
sind gezählt.
Lehn dein Fahrrad an die Mauer;
wo der Hederich entspringt,

liegt der Salamanderschädel
und der Faunskadaver stinkt.

5
Siebenschläfer, deine Tage
sind gezählt.
Mag das Einhorn dir den Faden
auch durch Traum und Laken ziehn,
schon ist harter Stein zerfallen,
abgestumpft, was strahlend schien.

6
Siebenschläfer, deine Tage
sind gezählt.
Raschle in den Laubfaschinen,
bis das Schauderwasser steigt
und das leichte Schnipselschiffchen
dir die fremde Formel zeigt.

7
Siebenschläfer, deine Tage
sind gezählt.
Wandelst schon in Staubmanschetten,
die der Weidenbart dir gab;
an den Wurzeln glimmen Gase,
schwimmen um das Maulwurfsgrab.

Ichthys

Der die Milde
zu bringen gedachte:
Wer
verriet ihn den Netzen?

Es herrschte
doch Stille am Fluß.
Das Schilf schwieg. Der Schlamm
warf keine Blasen mehr auf.
Die Libelle ließ den
pergamentenen Schwirrton
ihres Fluges verstummen.
Das Wassergeflügel
hatte den Kopf
ins Rückengefieder gewühlt;
und angehaltenen Atems
lauschte die Dommel,
zum Pfahlstumpf erstarrt,
dem eigenen Herzen.

Es war doch
Abwehr vereinbart. Es sollte
das Verhalten der Muschel,
die die Zartheit des Fleisches
hinter perlmutternen Türen
verschließt, doch
gelten für alle.

Wer nahm sich da aus?
Wer
lief da über zum Feind,

zu den Fischern,
die es verstanden,
die Tiefe zu loten,
die Brechung
des Lichts zu berechnen;
Blei an den Säumen,
Wolken niederzulassen
vor der preisgegebenen Burg?

Geheiligt die Arglosigkeit.

Nun spiegelt sich stumpf
im Glanz seiner Schuppen
das lächelnde Messer:

Gekommen,
den Ausgleich zu lehren,
verkommst du, gemordet.

Der Händler
wiegt den Kadaver; sie
erhalten dich pfundweis.

Ahornblatt

Wenn du dich krümmst,
hecheln die Himmel.

Es birst das ältliche Blau.
Die Vogelkette zerreißt.

Unterm Würgegriff deines Welkens
verknöchern die Wälder.

Blutige Kralle des Herbsts.

IV.

Uferliebe

In der Mitte des Flusses
begegnen wir einander,
unterwegs zu des anderen
Ich. Im Nebel verhallt
das Geräusch deiner Ruder.

Einschränkung

Lächeln mag gelten.
Händeringen nun nicht mehr; es
lenkt ab
vom Gleichmaß des Körpers,
vom rechten Winkel der Einsicht,
vom klaren
Grundriß der Trauer.

Übereinkunft

Ich habe dich verstanden.
Du hast meine Worte befühlt.

Nun laß uns deutlich bleiben.

Nichts abschleifen. Der Kontur
Schärfe verleihen. Dem Atem
Kraft. Dem Gedanken Genauigkeit
auch vor der Exekutionswand
des Todes.

Du bist anders.
Bleib es. Kein Zugeständnis.
Mein Gehör übersetzt dich.

Kein Entgegenkommen. Deine
Grenze berührt mich. Stunde
den Rest.

Schofar

Säe mir Asche
ins Brusthaar.
Teile mit meiner
Mundhöhle das Ei.

Das atemgefüllte
Horn, verscharr es
neben der Schläfe.

Trab, Bock, hinaus
in die Wüsten, be-
hängt mit
den Häuten
ausgeschlagner
Verwandlung.

Die Glut
wird sie gerben.

In Sulamiths Ohr

Es ist der Skorpion
in den Weinberg gefahren.

Wie schön war der Weinberg
gerundet, wie lieblich
hat er hinübergegrüßt zu
seiner lächelnden Schwester.

Hangwärts schritt ich
oftmals die Mulde hinab;
durchmaß, Bienensummen
im Blut, dann die Weite,
die einmündet ins Waldtal.

Stets blickt ich von dort aus,
eh ich tiefer eindrang
ins Innre des Erdschachts,
mich vergewissernd zurück.

Meine Liebe war schweben
geblieben, eine Libelle:

Im Sonnenglast stand sie
einmal über dem linken
Weinberg, einmal über dem
rechten. Das Schattengeäder
der Flügel kühlte die Knospen;
in den teleskopischen Augen
fanden sie beide ihr grünendes
Abbild verläßlich gespiegelt.

Doch es ist der Skorpion
in den Weinberg gefahren.

Sie haben ihn abtragen müssen;
Rebe um Rebe, Erdschicht um
Erdschicht, bis dorthin,
wo die Fundamente des Berges
auf federnden Felsrippen stehn.

Weggekarrt in blitzenden Loren.
All mein kostbares Erdreich
voller Adern und Wurzeln;

voller Zärtlichkeit auch
dieser behutsamen Hände,
die mich als Winzer ausweisen,
als Hügelumrunder und
Nachmodellierer.

Ach, in der Luft
dieses gläsernen Mittags
hab ich dich wiedererrichtet,
Zwillingsberg; deine Konturen
an denen der trauernden Schwester
gemessen, dich mit Atemfaltern
umgeben, mit Lippenblütlern
geschmückt und ein Traumnetz
geworfen über die bebende Wölbung.

Erwachend jedoch, war da ein
Steinbruch, flach, nur Geröll;
und es wurde gewarnt vor Skorpionen.

Jetzt, Weinberg, mein letzter,
werde zur Festung.

Siehe, dort naht sich,
im Silber kühlenden Flugs,
auch wieder meine Libelle.
Einäugig kommt sie; aber in Liebe
bleibst du gespiegelt
am Grund ihrer Blicke.

Sabbat

Lautloser Atemzug
Rabbi Hillels in Jawne;

aufbewahrt im
hechelnden Kehlsack
der Echse,

die züngelnd
Leben versöhnt mit
Gestein.

Ritter.
Ihr ließet mich wissen,
es sei keinerlei Furcht
aufzuwenden zu Eurer
Begrüßung. Vielmehr geschähe
Euch vollauf Genüge
zu spüren, Ihr würdet
erwartet: still und
mit Achtung, wie es
das Wappen des
Krebses erheische.

Ich gebe, was Ihr verlangt.
Aber verlangt nicht,
daß ich mich wappne.
Euern Anspruch beschäm ich
mit Nacktheit. Ich geh Euch
auf dem Turnierplatz
entgegen: aufrecht, das
Herz in Höhe der Lanze.
Was für ein unruhiges
Pferd Ihr habt, Ritter.

Belehrbar, bezeug ich,
zu fliehen ist zwecklos.
Hier bin ich. Was wäret
Ihr ohne mein Fleisch?
Ihr siechtet dahin.
Eure Freiheit, Ritter,
braucht meine Zelle.
Aber brauche ich Euch?

Gelassen durchschritt ich
die Tage, uneingeweiht.
Nun, der Weihen teilhaftig,
gehen die Pulse mir schneller.
Zeit ist Blut; einziger Raum
dieser Leib: Der Konturlose
sehnt sich nach Wänden; sie
geben ihm Halt. Was Ihr
Rüstung nennt, Ritter,
bin ich.

Triumph

So oder so; ich
entkomm noch,
gemordet.

Sätze aus
Fledermausfell:

In die Wolken
und weg.

Worte wie
Fische:

Strömungsbewußt.

Rückhalt

Der Sturm
besiegt
von einer
fechtenden
Feder.

Wer
streicht da,
mit der
Lücke
im Flügel,
sterbensbereit
übers Feld?

Erfüllung

Gebettet in
den Spiegel der Weiden.

Schaukelnde Schatten,
lanzetthaft.

Den Egel als Halsband.

Aufbauscht
der Wind noch
den algigen Kleidsaum.

Träg
umlodert das Haarvlies,
was den Schwanenschnäbeln
zu hart war:

Die Stirn;

und dahinter
die lange Nacht Hamlets.

Aufstieg

Über die Ebnen
zuckt sie,
die Schwinge
des Schweigens.

In Federn
kommt es,
das lautlose
Lied.

Sing, Stein:

Umjubelt
von Sprachlosigkeit,
erhebt dich
die letzte
der Lerchen.

Abschied

Dorthin,
wo er
herkommt,
der Glanz;
aus der
Staubritze
des Alltags:
Nur
dorthin
wend ich
mich
um.

Umkehr

Steigen.
Aber hinab.
Hinauf
ist schon
zuviel gestiegen:

Die Auferstandenen.
Der Spray. Die Gebete.

Das ballt sich, verdickt
um die Düsen. Trübt
den Meteorologen
den Blick.

Kartoffelaugen
sehn mehr. Obwohl
den Abstieg
nur wenige wagten.

Alle starrten hinauf.
Krallten sich fest
an der Krume; flohn
in den Samen;
schossen drängend
wieder empor.

Uns aber mit
der Erzkruste im Pelz,
dem Blei in den Knochen,
uns
zieht es tiefer:
Eurydike, komm.

Beweis

Ja, die unersättliche Erde.
Aber der Abdruck der Alge
im millionenjährigen Stein
verbürgt auch Gedenken.

Verfrühte Hinnahme

Einst
– ich war eben gestorben,
lag
im verrußten Salpeter
meines wuchernden Todes,
hatte mich gerade
zurechtgerückt –,
da
erhob sich ein Wetter.

Berge barsten.
Feurige Peitschen
knallten der Erde
Blut
aus den Flanken.
Die Flüsse verdampften.
Sturm
durchbohrte die Meere.
Zorn am Zenit,
preßten die Himmel
mir
mit gefiederten Fäusten
die Gurgel zusammen.

Erwachend im Koma,
das sich
mit borstigem Rückgrat
röchelnd zurückzog,
erkannt ich
hinter fransigen Wimpern
den aufgegebenen Tag.

Nachwort

Dieser Band enthält Gedichte aus vierunddreißig Jahren. Die ersten Gedichte wurden 1945, die letzten 1979 geschrieben. Sie sind in drei Zeitabschnitte unterteilt. Die eigentlichen *Kassiber* sind während der ersten zehn Jahre nach dem Kriege entstanden und 1956 auch unter jenem Titel erschienen. Acht Jahre später kam eine stark erweiterte Neuauflage heraus. Fünfzehn Jahre darauf fügt der Autor nun abermals circa sechzig neue Gedichte hinzu, von denen lediglich acht, mit dem entsprechenden Kontext versehen, schon in seinem letzten Band, *Der Schattenfotograf,* Aufnahme fanden.

Der Autor ging davon aus, das anhand der Chronologie dieser Gedichte sich eine Entwicklung abzeichnen könnte, die sowohl für die deutsche Nachkriegslyrik als auch für einen seismographisch arbeitenden Gedichteverfertiger eventuell nicht ganz untypisch wäre. Wiewohl sich hier vielleicht doch die Frage aufdrängt, warum schreibt ein seit vierunddreißig Jahren Prosa produzierender Autor seit vierunddreißig Jahren Gedichte.

Die Antwort ist fast auf jedem Blatt abzulesen. Beschwörungen lassen sich in Geschichten, Romanen schlecht unterbringen. Befunde lassen sich nicht als Fund wiedergeben. Wahrheiten, Drohungen, Erkenntnisse brauchen die Formel, um wirken zu können. Die Formel ist aufs Bild angewiesen. Das Bild braucht die Bande, den Rahmen. Denn Umgrenzung und Inhalt bedingen einander: Das Gedicht als Gefäß; Gewürzbüchse und Kochgeschirr, Trinkglas und Eiserne Ration, Botanisiertrommel und Retorte, Reagenzglas und Fingerhut.

Da kann die Prosa nur wenig Vergleichbares bieten. Allenfalls den Aphorismus, den knappen Essay. Anders die Lyrik. Sie hat Kapsel-Charakter. Umschließt, was man meint. Preßt bis zu kristallinischen Formen zusammen. Entweder zersplittert der Inhalt oder er strahlt. Dieser Zwang zur Disziplinierung kommt der Umsetzung des ermittelten Informationsmaterials in poetische Bildverknappung auf bestechende Weise entgegen.

Denn um Angst weiterzugeben, ist weiter nichts nötig als Angst. Um aber geängstigt zu informieren, muß eine Strukturanalyse der eigenen Angst vorausgegangen sein. Nicht nur das. Bewußtwerdung setzt Distanzierung voraus. Und Distanzierung legt Standpunkt und Blickwinkel fest. Die Assoziationsweiche ist also unausweichlich gestellt; das Gedicht, mit anderen Worten, schon zur Hälfte geschrieben. Womit zugleich auch die Frage nach der Wirkung eines Gedichtes beantwortet ist:

Was will ein Gedicht. Teilnahme erwecken. Das Gedicht braucht den Partner, den Erkenner, den Deuter. Es wirbt. Es zielt. Es ist, *so* gesehen, der Hoffnungsträger per se. Auch, wenn es die Hoffnungslosigkeit meint. Auch, wenn es sich aus tiefster Verzweiflung erhebt. Dann erst recht.

Prosa ist monoman. Sie läßt absinken, sie trägt nicht. Denn sie hat keinen Verwandlungsanspruch. Sie findet im eigenen Gemurmel Genüge. Sie braucht den Entzauberer nicht. Sie schläft, wenn sie spricht. Sie hat sich an sich gewöhnt. Das Gedicht bleibt sich fremd. Es blickt sich um nach Antennen. Es wird auf ihm unbekannten Frequenzen gesendet. Nichts hat es so nötig, wie aufgenommen, enttarnt und verwandelt zu werden. Das Gedicht meint das Du, die Prosa meint sich.

Vierunddreißig Jahre Gedichte geschrieben. Worauf hin? Woran vorbei? Vorbei an den Ismen, den Moden. Vorbei an den Experimenten, den Materialdiffamierungen, den formalen Verunsicherungen, den politischen Aufträgen, den gesellschaftlichen Forderungen. ›Ein Gedicht muß.‹ Ein Gedicht muß nicht; es kann. Ein Gedicht *sollte* noch nicht mal. Ein Gedicht *darf* allenfalls. Ob Baum oder Mensch in ihm vorkommt, ist gleich. Das Gedicht hat nicht die Ethik zu stützen. Das Gedicht dient dem Erkenntnisprozeß.

Erkennen steht höher als postulieren. Wer das Postulat verkündet, nach Auschwitz habe die Lyrik zu schweigen, der läuft Gefahr, hinzunehmen statt deutlich werden zu lassen. Denn Erkenntnis schafft Freiraum. Und wenn Lyrik den Erkenntnisgrad schärft, intensiviert sie in gleichem Maße die Freiheit, die wir brauchen, um vor Gefährdung und Rettungsanleitung prüfend zurücktreten zu können.

1979 WOLFDIETRICH SCHNURRE

Glossar

Kaddisch	Jüdisches Trauergebet des Sohnes auf die gestorbenen Eltern
Racham	Hebräisch: der Grünspecht. Kündigt, nach einer Talmudlegende, das Kommen des Messias an. Grün in diesem Zusammenhang: ungesund, krank. Denn der Messias wird »gezeichnet« sein
Schofar	Hebräisch: krummes, aus einem Widderhorn geformtes Blasinstrument. Wird an den höchsten jüdischen Feiertagen, am Rosch-ha-Schana und beim Ausgang der Andacht am Yom Kippur geblasen. Ausdruck der Einkehr, der Besinnung
Hillel	Einer der Begründer der jüdischen »mündlichen Lehre«. Größte Autorität des Gesetzes in der Zeit vor der Tempelzerstörung. Ahnherr der Patriarchendynastie
Jawne	Palästinensische Küstenstadt. *Lehrhaus zu Jawne:* erste Pflanzstätte des talmudischen Judentums nach der Zerstörung Jerusalems durch Titus